新 潮 文 庫

欲しいのは、あなただけ

小手鞠るい著

新 潮 社 版

8135

欲しいのは、あなただけ

1

むかしむかし、好きになった人たちを思い出すとき、わたしはいつも、弟のことを思うような優しい気持ちになる。だって、昔好きになった人は、好きになったときには年上だったのに、今はみんなわたしよりも年下なのだ。彼らは年を取らない。永遠に年下のまま成長を止めて、わたしの胸のなかで生き続ける。

十九のとき、わたしが夢中になった人は、男らしい人だった。

名前を、遠藤元太《げんた》といった。

出会ったばかりのころ、わたしは男らしい人を「遠藤さん」と呼んでいた。しばらくしてから「元ちゃん」と呼ぶようになった。男らしい人は、わたしがウェイトレスのアルバイトをしていた喫茶店ライラックの常連客だった。

ライラックの入り口の自動ドアとガラス窓は、表通りに面していた。だから、店を目指して通りを歩いてくる客の姿は、店のなかから丸見えだった。男らしい人はたいてい、高校生くらいに見える若い男をひとりかふたり、家来のように従え、悠々とした足取りで歩いてきた。なんだか熊《くま》みたいだ。店に向かってくる男らしい人の姿を見つけるたびに、わたしはそう思って、ひとりでくすくす笑っていた。

店に入ってくると、男らしい人は迷わずカウンター席に腰を降ろして、まっさきにわたしに声をかけた。

「おう。かもめちゃん。元気か。どないや調子は」

男らしい人の声は太く、まるで店の空気に裂け目が入るように、よく通った。

「おおきに。まあまあです」

と、わたしはカウンターのなかから、膨らんだ毬《まり》のような声で答えた。

ライラックにやってきてカウンターに座る客の大半は、桃子さんと話すのを目当てにしていた。桃子さんはライラックを経営している鶴田《つるた》夫婦の、奥さんのほうの妹だった。経営者夫婦は何か特別な用事があって訪ねてくる日以外は、店にはほとんど姿を現さず、店を切り盛りしているのは桃子さんと、わたしを含めて数人のアルバイトたちだった。

　男らしい人は桃子さんには、まったく関心がない様子だった。桃子さんが親しげに話しかけても、気づかないふりをすることさえあった。

「何読んでたんや。勉強か」

　男らしい人は、わたしがカウンターの片隅に伏せた本に一瞥《いちべつ》をくれて、言った。ライラックでは仕事中でも、客足が途切れたときには本を読むことが許されていた。

「勉強とは違います。これはわたしの好きな作家の……」

　本を取り上げて、見せようとすると、男らしい人は慌《あわ》てて手で払いのけるような仕草をした。

「俺、自慢するわけやないけど、本なんか、小学校の教科書以外、まともに読んだことあらへんのやんけ。ページに活字がぎっしり詰まってるの、見てるだけで頭が痛《いと》うなる。新聞もな、競馬新聞以外はお断りや」

　そんな言葉を聞くとき、わたしには、男らしい人がわたしの前ではわざと粗野な男を装《よそお》っているように思えて、ならなかった。そうしてそれは、もしかしたらわたしの気を惹《ひ》くためなのかもしれない、と、わたしには感じられた。そう感じると、男らしい人のことが、無性にいとおしかった。いとおしく感じると同時に、わたしは自分の躰《からだ》のなかで、何か得体の知れないものがむっくりと、起き上がるのを自覚するのだった。

たとえばこの人になら、わたしがとても大切にしているものを取り上げられ、滅《め》茶苦茶《ちゃくちゃ》に壊されたとしても、わたしは決して怒ったりしないだろう。まだそれほど親しい間柄になっていなかったころから、なぜだか、そんな確信めいた思いがあった。いいえ、むしろ、壊されてみたい。一番大切にしているものを、この無垢《むく》な獣のような人の手で。弄《もてあそ》ばれ、蔑《ないがし》ろにされ、徹底的に、破壊されたい。そういう願望を持った女が、自分のなかに棲《す》み着いていることに気づくまでに、それほど長い時間はかからなかった。

「俺、レーコーな。きんきんに冷えた奴《やつ》。アイスてんこ盛りで頼むわ」

男らしい人は朝でも昼でも夜でも、冷たいコーヒーを注文した。

そして、いつも、もどかしさを隠し切れないといった口調で、喋《しゃべ》り始めた。

「かもめちゃん、こんな時間から店に出て、あんた真面目《まじめ》に大学行ってんのか。きようは授業はないんか」

「はい」

グラスに直接ぶあつい唇をくっつけて、冷たいコーヒーを一気に飲み干すと、男らしい人は言った。

「嘘《うそ》つけ。さぼって朝から店で働いてんのやろ。かもめちゃんを信じて家を出さはった田舎のご両親が泣いてはるで。そないに金ばっかり稼いで、いったいなんに使うねん」

説教臭い言い方をされても、そんなに悪い気はしなかった。

「遠藤さんこそ、どうなんですか。仕事ばっかりして。大学、あと一年あるのでしょ」

男らしい人はわたしよりも三つ年上で、そのころはまだ大学生だった。けれども、大学へはまったく通わず、毎日、竹富《たけとみ》商店という会社でアルバイトに明け暮れていた。呉服や帯の展示会場へ、反物を掛けるための竹衣桁《いこう》を運び、現場で催し物会場を設営する、というのが仕事の内容だった。仕事先へ出かける途中でライラックに立ち寄ることもあったし、仕事仲間たちと一緒にランチを食べにくる日もあったし、仕事が終わってからひとりで現れることもあった。

「必要な単位は三年間でみな取ったのや」

と、男らしい人は偉そうに言った。来年、大学を卒業すると同時に、竹富商店の正社員にしてもらうつもりでいる、と、男らしい人は続けた。社長とのあいだで、もうきっちり話は付けてあるのや、社員になったら、俺専用のトラックも借りられるんや、と。

男らしい人が卒業する予定の大学は、わたしの通っている大学と同じではなかった。京都へ出てくるまで、わたしはその大学の名前を聞いたことさえなかった。

あるとき、わたしは尋ねてみた。

「遠藤さんの大学、いったい京都のどこらへんにあるの」

男らしい人はにやりと笑って、答えた。

「地の果てやんけ」

地の果て。

それは、男らしい人の口癖だった。男らしい人が生まれたのは地の果てだったし、男らしい人の家は地の果てにあったし、わたしをドライブに誘ったときも、ホテルに誘ったときも、荒々しく洋服を脱がせて、そのあとで、きつく羽交い締めにしたときにも、男らしい人は言った。「なあ、かもめちゃん、これから俺と、地の果てまで行こけ」。


その日、男らしい人が店に姿を見せたのは、薄墨色の夕暮れ時だった。

桃子さんは近くの商店街に買い物に出かけていて、店番をしていたのはわたしひとりだった。お客はボックス席で漫画に読み耽《ふけ》っている大学生がふたり。わたしもカウンターの内側に腰掛けて、文庫本を読んでいた。

男らしい人はひとりでやってきた。

「ああ、腹ぺこや。かもめちゃん、焼きそばの大盛りとレーコー」

「アイスてんこ盛りですよね」

「おう、頼むわ」

いつものようにカウンターに腰掛けると、男らしい人はマッチで煙草《たばこ》に火をつけて、長いため息と一緒に煙を吐き出しながら、言った。

「きょうはもう俺、ぼろぼろなんや。お得意さんのご機嫌は悪いし、バイトの若い奴らはふたりとも無断で休みよるし、その皺《しわ》寄せがみな、俺のところに回ってきたのや」

男らしい人は、焼きそばを作っているわたしの背中に向かって、その日の仕事がいかに大変だったかについて、まるで自慢話でもするように喋り始めた。わたしはときどき振り返って、相槌《あいづち》を打った。

「俺かてな、卒業したら曲がりなりにも大卒やんけ。学士やんけ。学士様が肉体労働者や。笑わせるやろ」

「遠藤さんの学部って、何学部なんですか」

「経済、いや経営やったかな。ははは、忘れてしもたわ。かもめちゃんはなんなんや」

「法学部法律学科」

「ほおお。ほんならかもめちゃんは女法学士やないけ。将来《すえ》は検事か、弁護士か。強きを挫《くじ》き弱きを助ける、正義の味方やな。法学士様のこしらえてくれた焼きそばか。なんやインテリの匂《にお》いがするがな。さ、有り難く食わせてもらお」

男らしい人は、私が差し出した焼きそばの皿をぐい、と引き寄せると、ごつごつした節のある太い指で割り箸《ばし》を摑《つか》んで、乱暴に割った。

わたしの目は一瞬、その指に釘《くぎ》付けになった。いつかあの十本の指が、わたしの躰に触れるのかもしれない。わたしの躰の隅々に。容赦なく。そう遠くない日に。

俯《うつむ》いて、アイスピックで氷を砕きながらそんなことを思っていると、男らしい人の言葉が飛んできた。

「お、かもめちゃん、あんた今、なんか、やらしいこと考えてたやろ」

「考えてません」

「嘘つけ。ごまかしても、俺にはお見通しや。その顔は、なんや卑猥《ひわい》なことを考えとった顔や。こら、何考えとった。言うてみ」

わたしは何も答えないで、できあがった冷たいコーヒーのグラスを、カウンターの上にそっと置いた。怒ったような顔をしていたつもりだったけれど、男らしい人の目には、嬉《うれ》しそうな顔に映っていたかもしれない。

焼きそばを食べながら、男らしい人はわたしに、きらりと光る視線を当てた。

「なあかもめちゃん、あんた彼氏おるのやろ」

「いません」

「またまたすぐばれるような嘘ついて。かもめちゃんみたいな子、あの大学の、女たらしで親の臑齧《すねかじ》りで、筋金入りの遊び人のぼんぼんらがほっとくはず、あらへんがな。もうしっかり手ぇつけられたんやろ。どや、白状してみい」

「そうやったら、どんなにかいいんですけど」

「ほんまにおらんのか、これは」

男らしい人は右手の親指を立てて、これ見よがしにわたしに見せた。

「いませんたら」

「ほな、俺といっぺん、付きおうたれや。悪いようにはせえへん。かもめちゃん、叡山《えいざん》登ったことあるか。ないやろ。なら、俺が連れていったる。一緒に叡山の夜景、見にいこ。今晩はどや。善は急げという諺《ことわざ》もあることやし」

「急《せ》いては事をし損じる、いう諺もありますよ」

「何言うてんねん。理屈っぽいのは、俺は嫌いや。あかんあかん、理屈っぽい女は魅力ない。口の立つ女は可愛《かわい》くないで。行くのか、行かへんのか、どっちや」

「それやったら、可愛い女はこういうとき、どう答えたらええのか、教えて下さいよ」

男らしい人はいかにも愉《たの》しげに笑った。

「教えたる。そういうときにはな、いやや、と答えたらええのや」

「じゃあ……いやや」

「そうか。いややというのはな、京都弁ではイエスという意味なんや。わかった。イエスなんやな。よっしゃ、これで決まりや。あとでここまで迎えにきたるわ。店、何時に終わるねん」

わたしたちは初めて、ふたりだけで会う約束をした。待ち合わせ場所は店の近くの路上。時間は午後十時十五分。ライラックの閉店時刻は九時半だったから、片付けを終えて、伝票の集計を手伝って、わたしが店をあとにできるのは、だいたいそんな時間になった。

その夜、わたしは店を出てから表通りを北へ向かって、短く歩いた。歩きながら、駐車ランプを点滅させて路肩に停まっている車を探した。

車はすぐに見つかった。

黄色い車。ふたり乗りのスポーツカーだ。車の種類にはまったく関心のなかったわたしにも、それは一目で、時代遅れの中古車だとわかった。

わたしが腰を屈《かが》めて助手席に乗り込むと、男らしい人は言った。

「汚い車で堪忍《かんにん》な。こいつなあ、もうそこら中、がたがたなんや。高速でいかれてしもたら、命取りやんけ」

「死んでしまうっていうこと？　乗ってる人が？」

と、わたしは尋ねた。

「そうや。ははは、怖いか、かもめちゃん」

男らしい人は車をスタートさせると、これまでに経験した車の故障について、喋り始めた。喋りながらときどき、ハンドルに胸を押し付けるような仕草をした。

信号待ちをしているとき突然エンジンが止まってしまって、青信号になった途端、うしろから来た車に追突された話。いつのまにかヘッドライトの片方が切れていて、警察官に止められた話。尋問が終わって解放され、いざエンジンをかけようとしたところ、今度はガス欠で車が動かなくなっていたというおまけ付き。

機関銃のように、男らしい人は喋った。言葉はわたしの躰にばらばらと当たり、声は躰中に心地良く染《し》み渡った。

「スピード出し過ぎると、ハンドルがぶるぶる震えるやろ。高速走ってると、手が痺《しび》れてしまうねん。せやけどそのおかげで、居眠り運転の心配もないのや」

「修理できへんの」

「こんなおんぼろ、なんぼ修理しても無駄や。死にかけた老いぼれに、高い金かけて栄養注射打つようなもんやんけ」

そんな言葉の端々から、男らしい人がこの車をどれほど大切にしているか、どれほど掛け替えのないものだと思っているかが、切々と、伝わってきた。

男らしい人と付き合うようになってから、わたしはよく、こんなふうに思ったものだった。男らしい人が黄色い車のことを貶《けな》したり、揶揄《やゆ》したりするとき、車体を叩《たた》いたり、タイヤを蹴《け》ったりするとき、「ああこれが、この人にとって、愛するということ。これがこの人の愛し方なのだ」と。

比叡山へドライブに誘われた夜、黄色い車は比叡山には登らず、深泥ケ池《みどろがいけ》という名の池のそばまで走ってきて、ふいに止まった。

池は京都の町の北の外れにあった。観光名所ではなかったけれど、京都の住民たちにはよく知られていた。底無しの池として、数々の怪談話とともに、気味悪がられていたのだ。たとえば、誤って池に転落してしまった車が発見され、引き上げられたためしはなく、池にはそうした事故で亡《な》くなった人たちの怨霊《おんりょう》が棲《す》み着いている、池のそばのカーブで事故が多発するのは、怨霊が手を伸ばして、車を引きずり込んでいるからだ、といった類《たぐ》いの話。池のなかに生えている水草のように見える草は、実は人の髪の毛なのだ、というような。

わたしは助手席の窓越しに、底無しの池を見ていた。夜の闇《やみ》よりも濃い、黒々とした池のなかに、まるで正座した僧侶《そうりょ》のように見える小さな土の島が、いくつも浮かんでいた。

男らしい人は言った。

「かもめちゃん、あの島はな、夜中の十二時が来ると動くんやで。ずずっずずっとな」

「嘘や」

「嘘やない。なんなら十二時までここにいて、確かめてみるか」

男らしい人はわざと低い声でそう言って、わたしを怖がらせようとしていた。

「なあ、ちょっと車から降りて、一緒に池の縁まで行ってみよか。肝試し、しようやないけ」

「いやや、あたしは行かへんよ」

「なんや、怖いんか。かもめちゃんて案外、意気地無しやなあ。ほんなら俺ひとりで行ってくる。帰ってきいひんかもしれん。それでもええのやな」

「良くない。そんなん困る」

そのときわたしは、真っ黒な闇の底で口を開けている、底無しの池を怖がっているふりをしながら、実はまったく別のことを、怖い、と感じていた。

わたしが怖かったのは、それは、自由、ということだった。その夜、わたしは自由だった。男らしい人の男らしい欲望の前に、軽々と自分の躰《からだ》を投げ出してしまえる自由が、わたしにはあった。これから、男らしい人と、どんなことでもできたし、どうにでもされることができた。わたしの躰を、心を、束縛しているものは、何もなかった。なんでもできるということ、どうにでもなれるということ、自由であるということは、この底無しの池よりもずっと怖い。怖くて、甘い。甘い恐怖に胸を震わせながら、黄色い車の助手席で蛹《さなぎ》のように身を固くして、わたしは次にやってくる何かを待っていた。

運転席から、男らしい人がわたしの肩に手を伸ばしてきた。指がわたしの髪に触れ、頬に触れ、耳に触れた。

「もっとこっちに寄り」

男らしい人の顔が近づいてきて、わたしの底無しの自由に、温かい唇が触れた。わたしはその唇に、自分の唇を押し付けた。わたしは自由から逃れたかった。途方もなく恐ろしい自由に、きつく封印をしたかった。だから夢中で押し付けた。押し付ければ押し付けるほど、自由は滲《にじ》んで、溶けて、わたしの躰から剝《は》がれ落ちていった。それからゆっくりと、別の情熱がやってきた。

「かもめちゃん、男とこんなことするの、初めてやないやろ」

唇を離すと、男らしい人は突き刺すようにそう言った。

「初めてや」

と、わたしは掠《かす》れた声で言った。嘘《うそ》ではなかった。

「嘘つけ。初めてやったらな、女はこんなことされても喜ばへんのや」

その言葉に、わたしは貫かれていた。男らしい人の唇が再びわたしの唇を塞《ふさ》いだ。池の向こうから、対向車のライトが近づいてきて、黄色い車のそばを通り抜けようとする直前まで、わたしたちは貪《むさぼ》るように、唇を合わせ続けていた。

次にいつ会うか、約束をする必要はなかった。

わたしは毎晩、アルバイトが終わると外へ出て、通りを北へ向かって歩き、毎晩少しだけ違った場所に停められている黄色い車を、探せば良かった。闇のなかでわたしを待っている黄色い車を見つける瞬間が、わたしは好きだった。

車を発見すると、わたしは車に向かって一直線に走っていった。足がもつれて、転びそうになった。通りの反対側に車が停まっているときには、道を斜めに横断した。急ぎ過ぎるあまり、ほかの車に撥《は》ねられそうになることもあった。

男らしい人はたいてい、車のなかで煙草《たばこ》を吸いながら、わたしを待っていた。

「遠藤さん、お待たせ」

そう言いながら黄色い車に乗り込もうとするとき、わたしは大き過ぎる喜びに押し潰《つぶ》されて、ほとんど不機嫌になっていた。

「おう」

男らしい人は吸っていた煙草を、火がついたまま窓から外に投げ捨てて、勢い良く車を発車させた。

「おなか空《す》いてるか」

「空いてへん」

「そうか、なら、まっすぐ行くで」

わたしはいつも、同じ質問をした。

「きょうはどこまで行くの？」

「教えたらへん」

「教えて」

「決まっとるやないか。地の果てや。おまえはおとなしく、そこに座っとったらええねん」

そこがわたしの居場所だった。黄色い車の助手席。カセットテープのケースやくしゃくしゃにされた煙草のパッケージやジュースの空き缶が転がっていることもある、狭苦しい場所。けれども、狭ければ狭いほど、わたしにとっては居心地が良かった。もっと狭くてもいい。もっと狭い場所に、閉じ込められたって、かまいはしない。そばに、この人がいてくれるのであれば。男らしい人が黙って車を走らせているあいだ、わたしはそんな思いにがんじがらめになりながら、息苦しいまでの幸福感を味わっていた。

そのころ、黄色い車の行き先は決まって、ラブホテルだった。

部屋のなかでわたしは、男らしい人の欲望を無条件で受け入れた。例外なく、何もかも。それが、わたしの欲望だった。無理矢理何かをされるということ、させられるということ、命令されるということ、禁じられること、束縛されること、自由がなくなるということは、自由であることに比べて、なんて素敵で、なんて気持ちのいいことなんだろう。男らしい人の腕に抱かれるたびに、わたしはそう思った。

「おまえ、こうしてみろや」

「違う、そうやない、こうや」

「言われた通りにしたれや」

そんな言葉を浴びながら、男らしい人の欲望の視線、欲望の唇、欲望の指先、欲望の両腕に搦《から》め捕られ、恥辱にまみれ、息を潜め、施される行為のすべてを受け止めている時間。その時間を、わたしは愛した。囚《とら》われの身となり、こじ開けられ、これでもかこれでもかと辱《はずかし》めを受けている、長くて短いその時間を。

「さっさとせんかい」

「そんなん無理やわ、あたしにはできへん」

「なんでや。俺の言うことが聞けへんのか」

「堪忍して」

半泣きになって訴えると、男らしい人は凶暴な目付きになって、わたしを睨《にら》んだ。

「ぐずぐず言わんと、やってみろや。俺がやれと言うてんのやんけ」

「できへんと、言うてるのに」

わたしが本気で泣き出しそうになると、男らしい人は急に物わかりの良い人になった。

「わかったわかった。泣かんでもええがな。できるかできへんか、やってみな、わからへんやろ。な、急ぐことあらへん。ちょっとずつ、やってみたらええねん。こうやってな、ちょっとずつ、力を抜いて。そうやそうや、それでええんや。なんや巧《うま》いやないか。俺の言うた通りやろ。やったらできるやろ」

なだめ、すかされ、到底できないと思っていた行為に及んでみると、終わった瞬間から、それはもっと執拗《しつよう》に、飽きるほどやってみたいと、思える行為に変わっていた。

男らしい人は鬼の首でも捕ったように言った。

「せやし、言うたやろ。おまえは絶対、こういうのが好きなんやて。もう一回するか。して欲しいと言うたら、してやる。お願いやからして下さいと、言うてみろ」

「いやや」

「よしわかった。もっとしてやる」

男らしい人と一緒に、ホテルに泊まることはなかった。

どんなに一生懸命わたしが誘っても、男らしい人は首を縦には振らなかった。どんなに遅くなっても、男らしい人はわたしを学生寮まで送り届けた。夜を重ねるごとに、わたしにはそれが寂しく、不満に思えてきた。

「あたし今晩、ここに泊まりたいな」

もしも一晩中、ここにいられたなら、わたしは完全に不自由な獲物になって、何度でも男らしい人の仕掛けた罠《わな》にかかれる。自分の躰から抜け出して、遥《はる》か遠くまで出かけていって、戻ってきて、でもまた遠くまで、出かけることができる。何度でも。

「アホ。こういうところはな、泊まるところとはちゃうのや」

「だったら、どういうところ」

「決まっとるやないか。こういうことを、するところや」

男らしい人はそう言いながら、いそいそとわたしの下着に手をかけるのだった。

それでもときどき、昼間の仕事の疲れが手伝ってか、激しい行為の終わったあと、男らしい人はベッドのなかで、短い眠りに落ちてしまうことがあった。

そんな夜、わたしは男らしい人がこのまま、目覚めなければいいのに、と、願った。男らしい人の頑丈な胸に頭を押し付けたまま、猫みたいにまんまるくなって、朝まで眠れたらいいのに、と。

だから男らしい人が目を開け、むっくり起き上がって帰り仕度を始めると、わたしは心の底からがっかりした。

「帰りたくないな。もう遅くて、帰るの、しんどいもん。あーあ、元ちゃんとずっと、朝まで一緒にいたいな」

ぶつぶつ言いながら、わたしはわざとのろのろ、洋服を身に着けた。

「はよせんかいや。ぐずぐずしてたら、料金が高《たこ》うなるやんけ」

そう言われて、わっと泣き出す夜もあった。

「休憩やったら、あたしは入らへん」

そう言い張って、ホテルの駐車場に停められた車のなかで、口論になる夜もあった。

「泊まりやなかったら、いや。絶対に、いや。絶対にここから、降りひん」

そう言いながら、わたしは泣いた。

「泣くなや。聞き分けのない子やなあ。なんでいやなんや。泊まっても泊まらいでも、なかですることは一緒やないけ」

男らしい人はわたしの頭を自分の胸のなかに抱え込んで、両手で髪の毛をくしゃくしゃにしながら、言った。

「よしよし、かもめちゃんは、可愛《かわい》い。ほんまに可愛い。ええ子や。ええ子やさかい、俺の言うこと聞き。な、わかったか。わかったら、さ、行こ」

幼子に噛《か》んで含めるようにして、男らしい人は言う。言い聞かせる。とろけるような声で、優しく、柔らかく。「あとでたっぷり可愛がってやるさかい」。

その優しい口調が、部屋に入って、後ろ手でドアを閉めた瞬間、豹変《ひょうへん》するのだ。

「お願いしますと言うてみろ」

「やめないで、お願いもっと苛《いじ》めてと言うてみろ」

男らしい人は、わたしの最も嫌がる行為を探し当て、容赦なく、無理強いを繰り返す。

「いやや」と言いながら、わたしは嬉々《きき》として、それに従う。そうした営みの果てに、やがて訪れる頂。ベッドの真上にある天井あたりで、わたしのちっぽけな世界が木《こ》っ端微塵《ぱみじん》に崩壊し、その破片が音もなく、頭上に落ちてくる瞬間。わたしは知っていた。わたしがその刹那《せつな》を、どれほど待ち望んでいるかということを。

2

男らしい人と出会い、付き合い始めた春が、逝《ゆ》こうとしていた。

真夜中、黄色い車に送られて学生寮に戻ってくるとき。助手席のドアを開ける前に必ず「寂しい」と言って涙ぐみ、別れを一秒でも長く引き延ばそうとし、それから仕方なくあきらめて、車を降りるとき。足音を響かせないよう気づかいながら、亡霊のように学生寮の鉄階段を上っていくとき。上りながら背中で、走り去ってゆく車の音を聞いているとき。わたしはまるで、木の幹から無理矢理引き裂かれた、小枝になったような気分だった。心細く、惨《みじ》めだった。

いったいどうすればこの、見捨てられた孤児のような気持ちから、逃れられるのか。わたしは寝ても覚めても、それぼかりを思っていた。

ある夜、ホテルを出て学生寮に向かう車のなかで、男らしい人と、いつもの言い争いになった。もっと一緒にいたいと拗《す》ねるわたしに対して、男らしい人は真顔で言った。

「なあかもめちゃん、ちょっとは俺の身にもなって、考えてくれへんか。俺はあしたの朝、六時には家を出んならん。五時起きや。それから十二時間以上、ぶっ通しで仕事してるんや。遊んでんのとちゃう。働いてんのや。大学さぼって好きなだけ寝てられるおまえとはちゃうねんぞ。今、何時や思うてんねん。おまえを送って俺の家まで戻ったら、夜中の一時やないけ。俺の寝られる時間は何時間あるねん」

そのとき、わたしは思い付いた。

そうだ、引っ越せばいいのだ。男らしい人の家のすぐ近くにアパートを借りればいい。そうすればもっと長い時間、一緒にいられる。ホテルへも行かなくてすむ。どうしてこんな簡単なことに、今まで気づかなかったのか。

頭のなかで、線香花火が弾けたようだった。

わたしは翌日、ライラックの経営者の鶴田さんに電話をかけて、アパートを紹介してもらえないかと頼んだ。鶴田さんは喫茶店のほかに不動産屋も営んでいた。

鶴田さんはふたつ返事で、物件を紹介してくれた。一カ所は男らしい人の家と同じ町内にあった。けれど、家賃が高過ぎて、わたしには手が届かなかった。もう一カ所は男らしい人の住んでいる場所にそれほど近いとはいえなかった。けれど、北山通りにあるということが気に入った。なぜなら北山通りは、男らしい人が家から会社へ通うときに、必ず通る道だったからだ。

ライラックの仕事の昼休みに、鶴田さんの車に乗せてもらって、部屋を見にいった。

アパートの名前を、大森荘といった。

時代遅れの古びた平屋のアパートで、部屋は、裸電球の灯った細い通路を挟んで三部屋ずつ、二列に並んでいた。わたしが案内されたのは、北山通りに面した列のまんなかの部屋。102号室。六畳一間に、申し訳程度にくっついている台所。お風呂《ふろ》はなかった。部屋で唯一《ゆいいつ》の窓を開けると、目の前には、灰色のブロック塀が聳《そび》えていた。塀のすぐ向こうは北山通り。車が通るたびに、窓ガラスがぴりぴりと音を立てて震えていた。

「若い女の子が住むような部屋とちゃうなあ」

すまなそうに、鶴田さんは言った。

「日当たりも悪いし、じめじめして、気が滅入《めい》りそうや。風呂もないし。あと二万か三万、出せるのやったら、もうちょっとましなところがぎょうさん、あるんやけどなあ」

部屋の壁は染《し》みだらけで、ところどころ剝《は》がれ落ちていたし、台所は昼間なのに真っ暗で、流しもレンジも、何もかもが、煤《すす》けていた。それでもわたしにはすべてが、輝いて見えた。

「そんなことないです。あたしここ、気に入りました。いつから入れますか」

「この部屋は空いてるさかい、いつからでもかめへんよ」

あしたから、いや、きょうからでも入りたい、という気持ちを抑えて、わたしは言った。

「それやったら、来週からお願いします」

五月の終わりだった。鶴田さんは、家賃は六月分からでいい、と言ってくれた。わたしはアルバイトの給料を前借りして、礼金と敷金を支払うことにした。両親には「学生寮の別館に移ることにした」と、真っ赤な作り話をした。

「引っ越しするならするで、なんでひとこと、俺に相談せえへんのや。水臭いやないけ。部屋のひとつやふたつ、俺が見つけてやったのに」

男らしい人に相談しなかったのは、何もかも秘密にしておいて、引っ越しをすませたその日の夜にいきなり「今からあたしの部屋へ行こう」と言って、男らしい人を驚かせてやりたかったからだ。

男らしい人は確かに驚きはした。けれど、それはわたしが期待していたような驚き方ではなかった。

「どこや、場所は」

そう言ったきり、あとは岩のように黙り込んで、ハンドルを十時十分の位置で握り、男らしい人は車のスピードを上げ続けた。それは男らしい人が機嫌を損ねたときの運転の仕方だった。

理由は、察しがついた。男らしい人は、わたしが鶴田さんの紹介で部屋を借りたことが気に入らなかったのだ。男らしい人はライラックの人たちをことごとく嫌っていたし、わたしがライラックでアルバイトをしていることも快く思っていなかった。

そのくせ、大森荘に着いて、部屋に入るなり無言でベッドの上にわたしを押し倒してからは、男らしい人はいつになく性急な行為に及んで、わたしを驚かせた。いつもなら途中で冗談を言ったり、わたしをからかったりして、わたしの反応を楽しむ余裕のある男らしい人が、我を忘れ、全身全霊で自分の躰《からだ》を、わたしにぶつけてきているという感じだった。

「元ちゃん、やめて。痛いよ」

と、わたしが言っても、あの、わたしの大好きな言葉「おまえがやめてと言うたら、俺はもっとするんや」は聞かれず、聞こえてくるのは男らしい人の、追い詰められたような息づかいだけだった。

終わったあと、わたしの頭はぼーっとしていた。頭蓋骨《ずがいこつ》の留め金が外れて、脳味噌《のうみそ》が外に流れ出してしまったようだった。躰のあちこちが痺《しび》れていた。火傷《やけど》したみたいに、ひりひりしている部分もあった。けれど、わたしは満ち足りていた。

男らしい人が、ベッドのそばに脱ぎ捨ててあったズボンのポケットから煙草《たばこ》を取り出して、火をつけた。男らしい人が吸い込んで吐いた煙を、わたしは吸った。圧倒的な幸せが、胸に染み込んでくるのがわかった。わたしは陸《おか》に打ち上げられて死んだ魚のように、ベッドの上で仰向《あおむ》けになったまま、天井に付いている木の節の模様を、数えるともなく数えていた。ああこの部屋を借りて良かった、と、思いながら。

六月の終わりごろから、わたしは大学を休み始めた。休める授業はすべて休んで、朝から晩までライラックに出て働いた。部屋を借りるために前借りしたお金を、少しでも早く返したかったからだ。が、それは表向きの理由で、本当の理由は大学そのものにあった。わたしは大学にも、大学の授業にも、最早《もはや》なんの興味も抱くことができなくなっていた。ライラックで働いてお金を稼ぐことは、大学の教室で居眠りをしていることよりもずっと、意義のあることのように思えていた。

大学を中退したい、社会に出て働きたい、と、わたしは考え始めていた。

わたしがそのことを話題にするたびに、男らしい人は猛然と反対し、たちまちのうちに大喧嘩《おおげんか》になった。

「あかん。絶対にやめたらあかん」

「なんでや」

「つまらんのは、ようわかる。俺かてあんなクソ大学、どんだけやめようと思ったことか。せやけどな、人生は辛抱が肝心や。あと三年半だけ辛抱して、卒業だけはせいや。卒業するのとしないのでは天と地の差や。一時の気の迷いでやめてしまったら、一生後悔するだけや。やめるなら先に、あのしょうもないバイトをやめたらどうやねん」

「大学をやめたら、バイトもやめて、ちゃんとした仕事を探すつもりや」

「なあかもめちゃん、世の中はそう甘くはないで。仕事が簡単に見つかると思ったら大間違いや。だいたいおまえにはあの大学がどないにりっぱな大学か、ちっともわかっとらへん。京都のガキらはみな、あの大学に入りとうて、子どものころから塾行かされて、必死の思いで勉強しとるのやんけ。そんな大学、わざわざ自分からやめるやなんて、そんな勿体《もったい》ないこと、なんでせなあかんのや」

「どんなにりっぱな大学でも、あたしには価値がないの。行くだけ時間とお金の無駄やという気がするのや。うちの親だって、これから弟の進学費用も必要になるし、あたしが大学やめたほうが喜ぶかもしれへん」

「喜ぶわけあらへん。悲しまはるだけや。まあ聞いたれや。大学なんか行っても意味がない。今はそう思えるかもしれん。けどな、大学出たのと出えへんのでは、社会に出てから、どえらい違いがあるのや。俺の大学みたいな、あんなカスみたいな大学でもな、大学出てるというだけで、高卒の奴《やつ》らよりも給料は高いんや。履歴書に大卒と書いただけでも、世の中には得することがぎょうさんある。茶店《さてん》のバイトなんか、なんぼやっても、屁《へ》の突っ張りにもならへんやんけ」

「そんなこと、ない。社会勉強になるもん」

「ならへん。社会科をお勉強せなあかんのは小学生までや。ええか、勝手にやめたら俺が承知せえへん。絶対に許さへん。どつき回して、しばき倒して、市中引き回しの上、鴨《かも》の河原で晒《さら》し首や」

男らしい人に凄《すご》まれて、わたしは辛うじて、大学中退を踏み止《とど》まっていた。

その一方で、男らしい人の「ライラックをやめろ」は、しつこくなるばかりだった。

「家庭教師とか会社の事務とか保育園の保母とか、もっとちゃんとした、真面目《まじめ》なバイトを探したらどうやねん。かもめちゃんの大学名出したら、もっとまともな仕事、なんぼでも見つかるはずやで」

男らしい人はわたしの着ている洋服を一枚ずつ、脱がせていきながら、まるで親が子を諭すように言う。

「ええか。わかったか。あそこはもうやめてしまい」

「せやけどあたし、ライラックが気に入ってるの。仕事は楽しいし、みんなすごくいい人たちだし」

「それは表面だけのことや。あそこの人間はみんな裏があるんや。俺はな、ただおまえのことが心配なだけなんや。なあ、理解したれや」

男らしい人はわたしを丸裸にすると、自分は服を着たまま上からがっちり組み敷いて、優しく、懇願するように言う。

「おまえのこと、大事に大事に思うさかい、おまえの将来のこと考えて、俺は言うてんのや」

わたしの髪の毛を指で梳《す》きながら、男らしい人は言葉を続ける。

「な、わかるやろ。俺の気持ち。女っちゅうのはな、男とちごうて、取り返しのつかへんこと、というのがあるのや」

「わからへん。それとあたしのバイトと、どういう関係があるの」

「女の子があんなとこでバイトしてたらな、わたしは誰とでもやらせる尻《しり》の軽い女ですと、自分から宣伝しとるようなもんやんけ。俺はいやなんや。おまえが人からそんなふうに見られるのが。頼むわ、かもめちゃん」

男らしい人は、頼むからやめてくれ、男に色目を使うような仕事は良くない、と、わたしの躰のあちこちを撫《な》でながら、繰り返し、繰り返し、言うのだった。

「あ、そこやめて、元ちゃん」

「やめへん。やめて欲しかったら、バイトをやめろ。なんでやめへんのや、なんで俺の言うことが聞けへんのや」

命令の声色。次はきっと、脅しになる。脅しのあとはめくるめくような責め苦だ。わたしは、男らしい人の強靭《きょうじん》な手足に封じ込められ、十本の指に捕まって、言葉を発することのできない状態になっていきながら、「わたしがアルバイトをやめないのは、この人からこんなふうに扱われ、息も絶え絶えになりながら『お願いやめないで』と、言いたいからなのかもしれない」と、思うのだった。

夏休みが近づいてきた。

わたしは実家へは戻らず、朝から晩まで毎日、ライラックで働くつもりにしていた。

「大学の夏休みに働くのやし、文句はないやろ」

わたしがそう言うと、男らしい人はむきになって、言い返してきた。

「文句ある。大ありや。そないに働きたいのやったら、俺がもっとええ仕事、見つけてきたる」

見つかるものか、と、わたしは高を括《くく》っていた。けれど、一週間もしないうちに、男らしい人はわたしのアルバイト先を決めてきた。京都府立総合資料館の仕事だった。職場で知り合った人の上司の知人が資料館の要職に就いていることを知って、男らしい人はわたしを雇ってもらえるよう、必死で頼み込んだのだと言った。

「本の好きなかもめちゃんに、向いてる仕事やと思うてな」

と、男らしい人はとても得意げだった。

「本は好きでも、読むのが好きなだけ。本の整理なんか、好きとちゃう」

「まあまあ、そうごねんと。とにかく夏休みのあいだは月曜以外、朝八時半から五時半まで、来て欲しいということや」

「そんなん困るわ。勝手に決められても。夏はあたし、毎日朝から店に出ます言うて、もう桃子さんと約束してしもた。桃子さんもそのつもりでいてはるし。それを急にやめるなんて言い出したら、あたし店を首になってしまう」

「おう、なったらええやんけ」

「良くない」

「かもめちゃんは、俺の顔を潰《つぶ》す気か。あちこちで頭下げまくって、無理聞いてもろて、せっかく段取り付けてもろたのに。俺の立場はいったいどうなるねん。それとも何か。おまえは俺よりも、桃子の顔のほうが大事やと言うのか」

ついに、わたしは折れた。どうしても実家に戻らなくてはならなくなった、とわたしは桃子さんに嘘《うそ》をつき、平謝りに謝って、夏休みのあいだ中、ライラックの仕事を休ませてもらうことにした。

京都府立総合資料館は、北山通りを挟んで、大森荘のちょうど真向かいに立っていた。だから職場への通勤は、ただ、通りを横断するだけですんだ。

わたしは朝起きて、朝食を食べたあと、北山通りを渡って資料館へ行き、本棚の整理をしたり、コピーを取ったりした。お昼はアパートに戻って食べ、午後もまた同じ仕事をした。仕事が終わると、通りを横断して、部屋に戻った。部屋に戻ってから夕食を作って食べ、男らしい人が来るのを待った。

規則正しく、律儀《りちぎ》な、部屋と資料館の往復。まるで鳥籠《とりかご》のなかで飼われている小鳥のような。けれども、いったん始めてみると、それはわたしを病み付きにさせた。楽だった。何も考えなくて良かった。瞬《また》くまに、わたしは不自由で退屈な生活の虜《とりこ》になった。男らしい人の言いなりになっている自分が好きだった。もっと拘束されてもいい、もっと拘束されたいと、わたしは思うようになっていた。

大学の秋学期が始まった。

ある日、男らしい人は、仕事で使っているトラックの荷台に古びた自転車を乗せて、わたしの部屋にやってきた。会社の同僚からもらったんや、と、男らしい人は言った。自転車はくすんだ灰色をしていて、そこら中、錆《さび》だらけだった。

男らしい人はその夜、時間をかけて、この自転車に真っ白なペンキを塗った。

「これでどうや、かもめ号。格好良《かっこよ》うなったやろ」

わたしは翌日から、白い自転車に乗って、大学へ通った。大学の授業が終わると自転車に飛び乗って、まっすぐ部屋に戻ってきた。大学の男子学生のなかには、車を持っている人が大勢いた。ときどきわたしに「アパートまで送ってあげる」とか「ドライブ行かへんか」とか、声をかけてくる人もいた。男らしい人はそれを知っていた。だからわたしに自転車を与えたのだ。わたしには、そんな男らしい人の嫉《しっ》妬《と》が嬉《うれ》しく、いとおしく、可愛《かわい》く思えてならなかった。

アルバイトを巡る、男らしい人との口論にすっかり疲れ果てていたわたしは、夏休みが終わっても、ライラックの仕事には戻らなかった。その代わりに、家庭教師のアルバイトを始めることにした。家庭教師先もまた、男らしい人が見つけてきた。ちゃんと自転車で通える場所に見つけてくるところが、いかにも男らしい人らしくて、可笑《おか》しかった。月・水・金は大学と部屋。火・木・土は大学と家庭教師先と部屋。籠のなかの小鳥の生活はあくまでも慎ましやかに、一糸の乱れもなく繰り返された。

自転車で部屋に戻ると、わたしは男らしい人が来るのを待った。男らしい人の仕事が終わるのは早くて午後九時。遅いときには十時、十一時、十二時を回ることもあった。小鳥が飼い主に会える、短く、断片的な時間。夕飯を一緒に食べることは、ほとんどなかった。

わたしたちはいつも、手をつないで、銭湯に行った。男らしい人が十一時を過ぎても姿を現さないときには、わたしはいらいらした。なぜなら、近くの銭湯が開いているのは、十一時半までだったから。

ピンクとブルーのふたつの洗面器。そのなかにそれぞれ、石鹸《せっけん》、シャンプー、リンス、タオルを入れて、その上にバスタオルを正方形に折り畳んで被《かぶ》せ、部屋のドアの前に並べて置き、わたしは全身を耳にして、北山通りに男らしい人の黄色い車が走ってきて、止まる音がするのを待った。

男らしい人の車の音を、ほかの車の音と聞き違えることはなかった。

車の止まる音がしたら、洗面器をふたつ抱えて、わたしは外へ飛び出してゆく。

肩を並べて夜道を歩き、銭湯まで出かける。帰り道、冷たいジュースを自動販売機で買って、歩きながら飲んで、部屋に戻ってくる。銭湯への行き帰り、わたしの胸は期待で膨らんで、膨らみ過ぎて、はち切れそうだった。部屋に戻ってから、抱かれる。躰《からだ》が軋《きし》むくらいに激しく。喜びのあまり気が狂いそうなくらい、執拗《しつよう》に。わたしは玩具《おもちゃ》にされる。

男らしい人がそれを望んでいる、求めている、ということが、わたしには重要だった。男らしい人の欲望を叶《かな》えてあげられる、欲望の対象でいられる、ということが、わたしの心を躍らせていた。その行為に耐えている、必死で持ちこたえている、ということが、わたしにとっての快楽のすべてだった。

秋の深まりとともに、男らしい人が部屋にやってくる時間は遅くなっていった。

「俺のこと待たんと、先に銭湯行っとき。きょうの仕事は何時に終わるか、わからへん。下手したら朝帰りになるかもしれん」

仕事先から、そんな電話がかかってくる夜が多くなっていた。

男らしい人は九月から、社員と同じ条件で働いていた。毎日「竹富商店」と名前の記されたトラックに乗って、呉服や帯の展示会場へ出かける。仕事は京都市内だけにとどまらず、滋賀や大阪や神戸や姫路まで出張する日もあった。土曜・日曜・祭日・連休は展示会の数が多く、男らしい人は数カ所の会場を渡り歩きながら、掛け持ちで仕事をしていた。土曜の夜を徹して、ある会場の後片付けをやったあと、その足で日曜の朝一番から、別の展示会場の設営に入る、というような日もあった。毎週一日だけ、平日に休みを取ってもいいことになっているのに、男らしい人は年中無休で働いていた。

「なんでそんなに仕事ばっかりするの」

と、わたしが尋ねると、男らしい人は風にはためく旗のように笑った。

「男は仕事。それしかあらへんやんけ」

それでも男らしい人は、どんなに遅くなっても、どんなに短い時間しかいられなくても、わたしの部屋を必ず毎晩、訪ねてきた。

けれども、泊まっていくことはなかった。それがわたしには不服だった。

「なんで、泊まってくれへんの」

「どない遅うなっても家には帰らんとな、うちのおばはんがうるさいのやんけ」

と、男らしい人は言った。うちのおばはんというのは、母親のことだった。

「厳しいお母さんやねんね」

「おう」

「元ちゃん、もう大人やのに、ここに泊まる自由もないの」

「そういう問題とちゃう」

「じゃあ、どういう問題」

「もう、うるさいやっちゃなあ、おまえは。ごちゃごちゃ言わんと、ここに座ったれや」

ベッドの端に腰掛けたまま、男らしい人は自分の膝《ひざ》の上に、わたしを座らせる。

それからわたしは男らしい人の両腕に捕まって、いつものように、陥落してゆくのだった。

ある夜、男らしい人がベッドのなかで、つかのまの眠りを貪《むさぼ》っているあいだに、わたしは思い付いて、男らしい人の洋服を隠してみた。何カ所かに分けて隠したあと、再びベッドに潜り込み、男らしい人の温かい躰にぴったりと寄り添った。

男らしい人は死んだように眠り惚《ほう》けていた。わたしは息を殺して、祈り続けた。このまま朝になりますように、朝まで一緒にいられますように、と。

五分も経《た》たないうちに、男らしい人は目を覚ました。ベッドの上でむくっと半身を起こし、「くそっ」と言いながら、慌《あわ》ててベッドから飛び出した。わたしは目を固く閉じたまま、寝ているふりを続けていた。

男らしい人はすぐに、すべてを察した。ベッドに戻ってくると、わたしの耳元に唇を寄せて、囁《ささや》いた。

「こら、かもめちゃん。白状せんかい。この下着泥棒」

嬉しそうな声だった。

「おまえは可愛いなあ。ほんまに可愛いやっちゃ」

可愛い、可愛いと囁かれても、わたしはちっとも嬉しくなかった。くすぐられても、笑えなかった。わたしの思いはもっと、切実なものだった。

洋服を探し出して、ばたばたと帰り仕度をしている男らしい人の背中に向かって、わたしは涙声で言った。

「なんで帰るの。泊まっていけへんの。どうしてもあかんの」

「あかん」

「なんでや」

「せやし、言うてるやんけ。外泊したら、うちのおばはんがうるさいのや」

「そんなにお母さんが怖いの。元ちゃんマザコンとちゃうか」

「いろいろあるのや」

「どんないろいろなの」

「かもめちゃんには理解できへん、大人の事情や」

男らしい人が去ってゆき、部屋にひとり残されたわたしの胸には、やり場のない気持ち、あるいは、憤《いきどお》りにも似たような感情が渦巻いていた。

これでは、引っ越しをする前と、少しも変わりはしないじゃないか、と、わたしは思った。あのころは、学生寮に送り届けられることがわたしの胸を引き裂いていた。今は、男らしい人が部屋をあとにすることが引き裂いている。いつまでたってもこの、引き裂かれるという状態から、逃れることができない。わたしは、ぐるぐるぐるぐる回り続ける輪のなかに、為《な》すすべもなく、取り込まれている自分を感じていた。

男らしい人の仕事は忙しくなる一方だった。

わたしの部屋にやってくる時間が遅くなるのは、けれども、仕事だけが理由ではなかった。仕事が終わったあと、竹富商店の社長や仕事仲間から、「今晩一杯行こか」と誘われたなら、どんなに疲れていても、男らしい人がその誘いを断ることはなかった。わたしにはそれが悔しく、腹立たしかった。

今夜はなんとか十時には仕事が終わりそうだ、終わったらまっすぐにそっちに行く、と、あらかじめ聞かされていた夜。ひどく騒がしい店から電話がかかってきて、「かもめちゃん。俺や。悪いけど今晩はまだまだそっちへは行かれへんわ。今やっと宴会が始まったばっかりやし。いつ終わるかわからへん」と、言い渡されることもあった。

「宴会て、どんな宴会。そんなもの途中で帰らせてもらってよ」

「何言うてるねん。そんなこと、できるわけないやろ。ええか、これは仕事なんや。お得意さんもぎょうさん来てはる。俺は遊びで仕事やってんのと違うのや」

「あたしとの約束はどうなるの。大事な用事があると言うたらええやないの」

「そんなアホなこと、言えるかいな。第一、俺が抜けたら、若いもんに示しが付かへんやんけ」

「躰の調子が悪い言うて、帰らしてもろてよ」

「そんなすぐばれるような嘘《うそ》、つけるかいや」

「あたしよりも仕事のほうが大事なんやな」

「聞き分けのないこと言うなや。やや子でもあるまいし。なあ、かもめちゃん頼むわ、あしたの朝、早《はよ》うに行くさかい、今晩だけは勘弁してや。ほな、もう切るで」

「あかん、切ったらあかん」

切らんといて、というわたしの言葉は届かず、電話は切れた。同時に、わたしの躰に張り巡らされている神経も一本、切れた。

わたしは次第に、男らしい人の仕事を憎むようになった。

展示会場、設営と引き上げ、竹衣桁《いこう》、着物、帯、反物、宴会、接待、付き合い、お得意さん、大将、若大将、女将《おかみ》さん、若いもん。仕事にまつわるもの、言葉、人、地名、会社の名前、何もかもが、邪悪なもののように思えていた。

男らしい人が早朝、まるで前夜の申し開きをするようにわたしの部屋に立ち寄るときには、黄色い車ではなくて、会社のトラックでやってきた。わたしの部屋からそのまま、仕事現場に向かうためだ。トラックの荷台には、前の日に積み込んだと思われる竹衣桁が、山のように盛り上げられていた。

わたしはその竹衣桁を激しく嫌った。形も大きさも色も、たまらなく醜く見えた。あんなものがあるから、男らしい人が仕事をしなくてはならないのだ、と、わたしは思った。

そのうち、竹と名の付くものがことごとく、いやになってきた。竹とはわたしにとって許しがたく、耐えがたい存在となった。

竹という文字を見たり聞いたりしただけでも、胸がざわざわした。通りを歩いていて、「竹亭」とか「スナック竹の子」とか、そんな名前の店の看板が目に入りそうになると、わたしは慌てて目を逸《そ》らし、早足でゆき過ぎるようにした。竹の絵や写真、竹そのものを見かけたときには、鳥肌が立った。「竹富商店」という会社名を、どうしてもうまく発音することができなくなった。「竹」と言ったあと、「富」と言おうとしても、言葉が喉《のど》の奥につかえて出てこない。なんとか「竹富」まで口にできたとしても、そのあとは舌がもつれてしまって、他人には「竹富商店」とは聞こえないのだった。

「元ちゃん、行ってらっしゃい」

「おう」

おぞましい竹衣桁を積んだトラックのエンジンがかかり、動き出し、小さく、小さくなり、やがて見えなくなり、すっかり消えてしまうまで、わたしは北山通りに立って、男らしい人を見送り続けた。

そんな朝は、心が痛んだ。まるで自分の躰から皮膚の一部が剝《は》がされるように、痛かった。仕事さえなかったら、男らしい人はトラックに乗って、去っていかない。どこへも行かないで、ずっとわたしのそばにいてくれる。仕事が元凶なのだ。仕事がわたしから、男らしい人を取り上げている。この世に仕事さえなかったら、男らしい人はもっと、わたしのことを思ってくれる。

あんな会社、潰《つぶ》れてしまったらいいのに。

わたしは本気でそう考えるようになっていた。

あんな会社、

あんな会社、
あんな会社、
火事で焼けてしまったら、いいのに。

わたしには、わかっていた。

男らしい人が「今晩大将らと一緒にちょこっと飲みにいってくるわ」と言うとき、「今晩はどうしても外せへん宴会があってな、お得意さん案内せんならん」などと言うとき、それが酒を飲むことだけでは終わらない、ということくらい。

そうした誘いを断るということが、どれだけみっともなくて、どれだけ情けないことなのか、男らしい人はしかつめらしく、わたしに言って聞かせた。

「俺かてな、別に女を買いにいきとうて、たまらへんわけやない。それほど女には困ってへん。仕事で疲れて、躰《からだ》もへろへろや。せやけど、みんなが行きよるのに、俺だけ断ってみろや。いっぺんで、俺の男が立たんようになってまう。次の日からみなの笑いもんや。おまえは俺がそんな笑いもんになってもかまへんのか」

「かまへん。買春するよりはましやと思うわ。買春なんか、犯罪やんか」

「売る奴《やつ》がおるから、買う奴もおる。需要と供給の関係や。りっぱな商売として成り立ってるんや。買うほうだけが悪人とちゃうで。それにな、かもめちゃんにはわからへんかもしれんけど、男にはな、無条件で安らげて、躰の芯《しん》からくつろげる場所と時間というのが必要なんや。理解したれや」

「あたしと一緒ではくつろげへんの」

「くつろげへんなあ、おまえとでは」

「なんでや」

「おまえはいっつも、ぐちゃぐちゃぐちゃぐちゃ文句ばっかり垂れとるやんけ。俺はおまえの屁理屈《へりくつ》を聞かされるだけでも、疲れてしまうのや」

そんなふうに言われると、わたしには、返す言葉がなかった。

「かもめちゃんにはまだ、わからへんやろな。男のほんまの気持ちというものは。男にはな、とことんまで身を落としてみたいときっちゅうのがあるんや。薄汚い売春宿でしか得られへん安らぎというものがあるんや。掃《は》き溜《だ》めに鶴《つる》、という言葉があるやろ。ああいうところで働いとる女にはな、どこか神々《こうごう》しいところがあるのや。躰は汚れてても魂は汚れてへん。菩薩《ぼさつ》みたいな心で、黙ってなんでもしてくれる。

自分の身を削って、誠心誠意尽くしてくれる。愛するということは、そういうこと
なんとちゃうか」

3

大森荘１０２号室で、わたしは男らしい人を待っていた。

「奇跡や。うちの大将が死にでもせん限り、起こらんことが起きたんや」

朝、仕事に出かける前に部屋に立ち寄った男らしい人は、嬉《うれ》しそうにそう言った。夕方から夜にかけて入っていた大きな仕事が、竹富商店の社長の都合でキャンセルされたのだという。

「ひとつ前の仕事は五時半に終わるさかい、六時にはここに来られると思う」

「六時？　ほんまに六時？　六時からずっと一緒にいられるの」

「おう、きょうはかもめちゃんとデイトや」

わたしたちは車で出かけて、どこかで美味《おい》しいものを食べよう、と、約束した。一緒に夕飯を食べられるということが、わたしにとっては「奇跡」だと思った。

「ねえねえ、どこで晩ご飯食べるの？　何食べるの？」

「それは秘密や」

わたしは大学からまっすぐ部屋に戻ると、膝《ひざ》を抱えて部屋のまんなかにしゃがみ込んだ。嬉しくて、嬉しくて、何をする気にもなれなかった。掃除も洗濯も、外に買い物に出たりするのもいやだった。もしもわたしが買い物に出かけているあいだに、男らしい人がやってきたりしたら、一緒にいられる時間がそれだけ減ってしまう。わたしは、大き過ぎる喜びを胸に抱えて、まるでそれを温め、雛《ひな》を孵《かえ》そうとしている親鳥のように、一心不乱に待った。

あと一時間もすれば、会える。男らしい人の運転する車が走ってくる。男らしい人はアパートの近くまで来るとスピードをゆるめ、通りの左肩に車を寄せ、それからエンジンを切る。ドアが開く。ドアが閉まる。

その一連の音を聞き逃すまいと、わたしは息を潜め、身動《みじろ》ぎもせず、北山通りを行き来する車の音に意識を集中していた。

あと一時間。

あと五十九分。

あと五十八分。

あと五十七分。

あと五十六分。

ああ、あと五十五分後には、男らしい人はわたしのそばにいるだろう。この部屋の、ここに。手を伸ばせば、届くところに。

ふと机の上を見上げると、そこに、二、三日前に届いた小包が置かれていた。中身は本だとわかっていた。わたしの好きな作家の新刊が出たので、実家の両親が送ってくれたのだ。一週間遅れの誕生日プレゼント。わたしはその包みを開けもしないで、ただ、机の上に置いたままにしていた。

どうしても、その小包を開封する気力が湧《わ》いてこなかった。開封して本を取り出す、ページをめくる、そこに書かれている言葉を読む、読んで何かを考える、何かを感じる、何かを思う、そういった行為のすべてが、わたしにはけだるく、空《むな》しく、鬱陶《うっとう》しいことのように思えていた。

そういえばわたしは、本の好きな少女だった。まるで他人のことを思い出すように、わたしは、遠い昔の自分のことを思った。

幼いころは人形よりも、絵本に描かれた人形を愛した。小学生のときには、毎月二冊の割合で家に届く、ぶあつい世界文学全集を隅から隅まで読んでいた。中学生になると、図書室の本を片っ端から読んだ。「青山さんの名前が書かれてない貸し出しカードって、見たことがない」と、友だちから言われていた。学校の図書室の文芸書をほとんど読み尽くしてしまうと、父親に頼んで、町の図書館から借りてきてもらった。お小づかいは全部、本代に消えた。

熱中してしまうと、歩きながらでも、お風呂《ふろ》に浸かりながらでも、読んだ。夜遅くまで読んでいると、そんなに夜更《よふ》かしをしてはいけない、と、両親に叱《しか》られるので、部屋の明かりを消して、ベッドのなかで俯《うつぶ》せになり、頭から布団《ふとん》を被《かぶ》って、読み耽《ふけ》った。懐中電灯で本を照らしながら。本のなかに顔を埋めたまま眠ってしまい、いつのまにか、朝になっていた、というようなこともあった。

あのころの自分と、今ここにいる自分を、うまく結び付けることができない、と、わたしは思った。もしかしたらあれは、わたしの人生を生きていた別の人間だったのだろうか。それとも、今のこのわたしのほうが、わたしの人生を生きる別人なのか。だとすれば、本物のわたしは今どこで、どういう人生を生きているのだろう。そう思ってから、わたしははたと気づいた。あのころのわたしは死んでしまって、もう、この世には存在しないのだ、と。

葬式の日のことは、よく覚えている。

わたしは机のそばの本棚に目をやった。本棚は、歯が抜け落ちたように、すかすかになっている。本と本のあいだに隙間《すきま》があり過ぎるため、斜めになったり、倒れたりしている。英会話の本と料理の本と旅行のガイドブック。辞書。大学の教科書が数冊きり。寂しそうな本棚だな、と、わたしは思った。

あれは引っ越して、まだまもないころだった。大喧嘩《おおげんか》の果てに、「こんな役立たずな本、こんな下らん本、みな捨ててしまえ」と、男らしい人に怒鳴られて、大切にしていた本をことごとく、処分してしまったのだ。

「これもや、これもや。こんなしょうもないもん読みやがって。捨てられへんわけでもあんのか。あるのなら、言うてみいや」

男らしい人は本棚から次々に本を抜き取って、窓から外へ放り投げた。

本はブロック塀に当たって、地面に落ちた。ばさっ、ばさっ、と音がした。本が終わると、今度はわたしの机の引き出しを上から順番に開け、中身を外にぶちまけていった。友だちや両親から届いた手紙の束や写真。日記帳や絵葉書や小さなアルバム。神社で買ったお守り。わたしにとってだけ意味のある紙切れ。男らしい人はそれらを鷲摑《わしづか》みにすると、叩《たた》き付けるようにして、窓の外に投げ捨てた。

「俺が本気で怒ったらどうなるか、よう覚えとけ」

あの日の喧嘩の原因はいったいなんだったのだろう。おそらく引き金は、ほんの些細《ささい》な出来事だったに違いない。でもそれが瞬《また》くまに増殖して、男らしい人を爆発させてしまったのだ。あそこまで男らしい人を怒らせたものは、なんだったのか。どうしても、わたしはそれを、思い出すことができなかった。男らしい人の怒りの激しさだけが、わたしの記憶を塗り潰していた。

翌日は雨だった。冷たく、細かい雨の降りしきる朝。わたしは外に出て、男らしい人が前夜、外に放り投げたものを、黒いごみ袋のなかに詰め込んでいった。本もノートも手紙も何もかも、雨に打たれて、見るも無惨《むざん》な姿になっていた。

前の晩、別れ際《ぎわ》に、男らしい人からきつく言い渡されていた。

「全部まとめて捨てとけや。ええか、ひとつでも残したら承知せえへんで。隠しても、俺にはすぐにわかるんや。ええな」

ごみ袋は三個になった。角張って、異様に重いごみ袋を、底が抜けないように、両腕で下から支えながら、わたしは電柱のそばにあるごみ置き場と部屋を三往復した。

最後の一袋を出しにいったとき、堆《うずたか》く積み上げられたごみ袋の山のあいだに、瘦《や》せ細った子猫の死体があるのを発見した。子猫は、ごみ袋からはみ出している腐った食べ物のすぐそばで、息絶えていた。わたしはそれを見過ごすことができなかった。

子猫の亡骸《なきがら》を部屋まで持ち帰り、窓とブロック塀のあいだにある、ほんの僅《わず》かな地面を掘って、埋めてやることにした。男らしい人がわたしの大切にしていたものを投げ捨てた場所だった。

雨と涙で、わたしの頰は濡《ぬ》れていた。子猫を想《おも》って泣いているのか、わたしが自ら進んで捨てたものを想って泣いているのか、気持ちはぐしゃぐしゃになっていて、わたしにはよくわからなかった。ただ、地面を掘り返しながらわたしは、これは葬式なのだ、と、思っていた。わたしの心のお葬式。これはわたしが男らしい人から愛されるために、どうしても必要な儀式なのだ、と。

約束の時間まで、あと三十分だった。

ベッドのそばに放り投げてあったバッグのなかから、わたしは煙草《たばこ》を取り出した。煙草が好きで好きでたまらない、というわけでは決してなかったけれど、高校生のときに同級生から教わって吸い方を覚え、京都へ出てきてからは、一日一箱くらい、吸うようになっていた。習慣になったのは、ライラックで働き始めてからだ。桃子さんは煙草が大好きで、客が途切れるとすぐさま、カウンターのなかにしゃがみ込んで、美味しそうに煙草を吸った。自分が吸うときには必ず「かもめちゃんも一服どうや」と、わたしにすすめてくれた。

煙草の匂《にお》いが部屋に籠《こ》もらないように、窓を開け放ってから、わたしはマッチを擦って、煙草に火をつけた。思い切り深く、煙を胸に吸い込んで、吐いた。頭がくらっとした。それから髪の毛をひとつにまとめて、結い上げた。煙草の残り香が髪の毛に付くのを、少しでも防ぐためだった。

ほとんど続けざまに、深く吸っては、吐く、それを繰り返しながら、わたしは煙草の箱に印刷された銀色の星を、数えるともなく数えた。

こんなふうに、まだ煙草を吸っているということは、男らしい人には隠してあった。ライラックをやめると決めたとき、煙草もきっぱりやめると約束したのだ。

窓の外に向けて、吐き出した紫色の煙のなかから、男らしい人の声が立ち上《のぼ》ってきた。

「俺、煙草吸う女、大嫌いやねん。灰皿みたいな女、抱く気も起こらへん」

「煙草は躰《からだ》に悪いさかい、絶対にやめなあかんで、かもめちゃん」

「おまえ、まだやめてへんのけ。ほんまにしゃあないやっちゃなあ」

そんな言葉の数々を思い出しながら、わたしは次の一本に火をつけた。

「なんで、やめられへんのや。言うてみい」

煙草をやめられないのは、それは、元ちゃんのせいだ、と、わたしは煙で汚れた胸のなかで答えた。元ちゃんが好きだから、好きで好きでたまらないから。だから、やめられない。あなたを怒らせて、「躰に悪いやろ」と、優しく叱られたい。「さ、今からお仕置きしてやろ。罰として、痛いことしてやろ」と、言われながら、洋服を脱がされたい。「やめなあかん。俺は許さへんで」。そう言われながらきつく、羽交い締めにされたい。それだけなのだ。

これを最後の一本にしようと決めて、三本めの煙草に火をつけようとしたとき、部屋のドアが開く音がした。

あっ

元ちゃん

早かったやんか

どないしたん

車は?

そんな言葉がわたしの頭のなかで、パタパタと、カードのようにめくれていった。わたしは大慌《おおあわ》てで、灰皿代わりに使っていた小皿をベッドの下に押し込み、煙草の箱を握り潰《つぶ》してバッグのなかに突っ込んだ。髪の毛をほどいて、頭を左右に振りながら、両手で乱暴に梳《す》いた。ああ、ばれたら、どうしよう。そう思う一方で、こうなることは初めから決まっていたのだ、というような、妙な確信もあった。

「かもめちゃん、あんた、さっきまでここで、煙草吸うとったやろ」

男らしい人は部屋に入ってくるなり、そう言った。

わたしはベッドのそばに、行儀の良い犬のように正座していた。

「吸うてへん」

と、わたしは男らしい人を見上げて言った。

男らしい人は仁王立ちになったままで、言った。

「吸うとった。匂いでわかる。今さっき、煙を外に出そうとして、窓開けたばっかりやろ」

「そんなことない」

「嘘《うそ》つけ。その顔は吸うとった顔や。何本吸うた。正直に言うてみろ」

「だから、吸うてへん、言うてる」

そう言いながら、わたしは立ち上がった。男らしい人の好きな冷たい缶コーヒーを、冷蔵庫から出しにいこうと思って。

「ああ臭い。無茶苦茶臭い。くそうてたまらん。この部屋はそこら中、煙草臭い。おまえはなんで、すぐにばれるような嘘をつくのじゃ」

「嘘やあらへん。吸うてへんもん」

「じゃかましい」

その言葉と同時に、わたしの頬に男らしい人の平手が飛んできた。手は頬には当たらず、わたしの左耳を激しく打った。頭の芯《しん》がじいんとして、耳朶《みみたぶ》がかあっと熱くなった。

「おまえは俺に、なんで嘘なんかつくのや。俺はな、煙草吸う女とおんなじほど、嘘つく女が嫌いなんや。おまえはそれをよう知っとるはずや。せやのになんでや。おまえはほんまに最低の女やな。吸うとったら吸うとったでええがな。そんなに吸いたかったら、こそこそ隠れてやのうて、堂々と吸え。俺の目の前で吸え。どこに隠しとんのや、煙草。出せや。出してみろや。出して今、ここで吸うてみい。おお、吸うたらええやんけ、なんぼでも。おまえの好きなだけ吸え。死ぬまで吸え。地獄に堕《お》ちても吸え。その代わり、俺とはこれで終わりや」

男らしい人の声は怒りで震えていた。

「おまえはほんまにカスみたいな女じゃ。ケツに松を生やした大嘘つきの女じゃ」

「ごめんなさい。堪忍《かんにん》して」

小さな声で、わたしは謝った。殴られた痛みのせいで、涙がぽろぽろ出てきた。

こんなはずじゃ、なかった、

こんなはずじゃ、なかった、

こんなはずじゃ、なかった、

心臓の鼓動がそんな言葉を刻んでいた。

「ひとりでいると、寂しくて」

と、わたしは言った。それは正直な気持ちだった。

「寂しかったから、吸うたんや」

「笑わせんなや、おまえ。寂しいですんだら警察はいらんのじゃ。人を殺しました。寂しいからやったんです。それで許されると思うんか。俺をなめるのも、たいがいにしろや。ああ、あほらしい。俺はな、ずっと本気やったんや。俺は本気でおまえのこと……けど、もうええわ。もう、ええ。おまえとはもう、終わりや。わかったか。俺はおまえのこと信じる気なくした。まあ、信じていた俺がドアホやったと言えば、それまでのことやけどな。えらいお世話になりました。長いこと付きおうてもろて、ほんまにおおきに。ほな、これでサイナラや」

途中から、男らしい人の声の調子が少しずつ変化していった。奇妙なことに最後のほうは、丁寧な言い方と言ってもいいような口調になっていた。それが何を意味するのか、わたしにはわからなかった。わたしは混乱していた。男らしい人は優しく、穏やかに「もう、終わりや」と言ったのだ。

男らしい人はわたしにくるりと背を向けると、入り口のドアに向かってすたすたと歩いていった。わたしは弾かれたように立ち上がってあとを追い、男らしい人の背中に抱き付いた。

「元ちゃん堪忍。もう絶対に吸わへんから、堪忍して。絶対やめるから」

わたしの声は涙声になっていた。

「絶対絶対っておまえ、この前もそう言うたばっかりやないか。もう遅い。終わりや。こんな茶番は終わりにしよ」

怒りではなく、あきらめの声。そしてその声のなかには、今までに一度も耳にしたことのない、冷たい響きが含まれていた。わたしはその場に凍り付きそうになった。

「終わりって、どういうこと」

「終わりというのはな、それは終わりのことや。ジ・エンドということやな」

静かにそう言って、男らしい人はドアのノブに手を掛けた。

ああ、出ていくつもりなんだ。本当に、出ていってしまうんだ。わたしは気も狂わんばかりになって、大きな声で何かをわめいた。泣き叫んでいるだけなのか、何かを言っているのか、自分の発している言葉に意味があるのか、ないのか、自分でもよくわからなかった。とにかく、この人を、このまま行かせてしまってはいけない、行かせてしまったら、何もかもが終わりになる。終わらせてはならない。この関係を。終わらせてはならない。そんな思いがわたしの全身を駆け巡っていた。

男らしい人の腰をうしろから抱きかかえるようにしてしがみつき、わたしは懇願した。

「行かんといて。お願い。お願いやから、行かんといて。あたし絶対に煙草やめるから、もう二度と吸わへんから。絶対やめる。約束する。あたし、元ちゃんがいなくなったら、どうなるか、わからへん。何するかわからへん。それでもええの。あたしがどうなってもええの。死んでもええの」

「かまへん。死にたかったら死ね。勝手にせい。おまえなんか、どうなってもかまへん。俺の知ったこととちゃう」

男らしい人は両腕に力をこめて、わたしの躰を振り払った。

わたしはうしろに突き飛ばされるような格好で、台所の床の上にひっくり返った。

起き上がって、もう一度、男らしい人の肩のあたりに取りすがった。

次の瞬間、わたしの目の前で火花が散った。一瞬、何が起こったのかわからなかった。

殴られたのは、顔だった。男らしい人の拳《こぶし》が頬全体にめり込んだという気がした。痛みが顔から躰中に伝わっていく。頭がズキンズキンと脈打つように痛む。歯を食いしばって、わたしはそれに耐えた。口のなかに、生温かい感触が広がっていく。飲み込んだ唾液《だえき》は血の味がした。唇が切れていた。鼻血も出ていた。

それでもわたしはあきらめなかった。何度も男らしい人の躰にしがみついた。男らしい人はそのたびに、わたしを突き放した。蹴《け》られても、振り払われても、わたしは男らしい人にしがみついていった。

「やめろや。おまえは、しつこいねん。しつこい女は俺、嫌いやねん。その腐った手を離せや。ええ加減に離したれや。歩けへんやんけ、おい」

落ち着き払った、冷ややかな言い方だった。何かが違う、と、わたしは感じていた。何かが大きく違う。もしかしたら、男らしい人の躰のなかには最早《もはや》、わたしの慣れ親しんだ男らしい人は棲《す》んでいないのかもしれない。わたしの背筋を、冷たい血液がすーっと流れていった。足元を見えない手で掬《すく》われているような、得体の知れない不安を感じていた。

「なあ、離してくれや。これから俺、行かんならんところがあるのや」

「どこへ行くの」

「どこへ行こうと俺の勝手じゃ」

「あたしも一緒に行く」

「アホ抜かすな。おまえとはもうおさらばじゃと、言うとるやんけ。離せ」

男らしい人は、下半身に巻き付いているわたしの躰を引き剥《は》がすようにして突き放すと、両腕を使って、台所の床に押し倒した。そして、仰向《あおむ》けに倒れたわたしの躰の上に馬乗りになった。

「おまえという女は……」

そこで言葉は途切れ、ほんのつかのま、男らしい人は黙っていた。恐ろしい沈黙だった。もう一発、殴られるのかもしれない。わたしは目を固く閉じて、両手で顔を覆《おお》った。だが、男らしい人は殴らなかった。わたしの着ていたブラウスの襟元に手をかけると、まるで毟《むし》り取るように、強い力で引き下ろした。小さな真珠を模したボタンが千切れて、ぱらぱらと音を立てながら、あたりに飛び散った。

わたしの肩と胸は剝《む》き出しになった。男らしい人はそこに、ゆっくりと顔を埋めようとした。ああ、そうなのだ、と、わたしは神に祈るように思った。これが男らしい人のやり方なのだ。これがわたしの好きな、わたしのよく知っている、わたしの、男らしい人なのだ。わたしは、許された。男らしい人はわたしを許した。許された証《あかし》に、わたしはこれから……

そこで、わたしの祈りは途切れた。

何かを急に思い出したかのように、男らしい人はわたしの躰から離れた。台所の床の上に、わたしは倒れた案山子《かかし》のようになって取り残された。男らしい人がドアを開けて、アパートの前の通路へ出ていこうとする気配があった。

行かないで、行かないで。わたしの心は男らしい人を追いかけていこうと、逸《はや》っているのだけれど、躰がそれにうまく付いていかなくなっていた。わたしは四つん這《ば》いになったまま、ずるずると外へ出た。そのまま這うようにして、男らしい人のあとを追った。男らしい人がアパートの通路から表に出た。わたしもあとから転がり出た。

外は紺色の夕暮れ時だった。

墨を流したような闇《やみ》が幾重にも、幾重にも重なり合っていた。

男らしい人は北山通りに出ると、西に向かって、大股《おおまた》で歩いていった。歩調は速くもなければ、遅くもなかった。わたしはよろめきながらもなんとか立ち上がって、足を引きずるようにして、うしろから付いていった。まるでごみ袋のように、まるで生きている死体のように。

わたしは裸足《はだし》だった。上半身は裸に近かった。顔は血と涙と鼻水でごわごわになっていた。破れたブラウスは腰のまわりにびらびらと、まとわり付いていた。スカートはいつのまにか、脱げていた。北山通りに人影はなかったが、通りを走る車のなかには、わたしの異様な姿を目に留めて、わずかにスピードをゆるめようとする車もあった。

　ふいに、男らしい人は立ち止まった。

　わたしは追い付いて、男らしい人のそばに立った。

「最後のお願い」

　わたしの声は悲鳴に近かった。寒さのせいで、歯がカチカチ鳴っていた。

「お願い、元ちゃん。お願いやし、堪忍して。もう絶対にしないから」

「ほんまか」

「うん」

「ほんまにこれが最後やで。それは、わかっとんのか」

「うん」

「俺が最後やと言うたら、もうそのあとはないんやで。よう覚えとけよ。わかったか」

「わかった」

「わかったらさっさと部屋へ戻って、服着替えてこいや。そんな汚い格好してたら、どこへも行けへんやんけ」

男らしい人はわたしを睨《にら》み付けていた。

「はよせんかい」

騙《だま》されてはいけない、と、わたしは思った。

「元ちゃん、あたしが部屋へ戻ってるあいだに、どっかへ行ってしまうつもりやろ」

「どこへも行かへん。ここで待っとる。せやし、はよ洋服着てこい。しつこい女やで、ほんまに」

「絶対やで。絶対にここで待っててや。元ちゃん、絶対やで」

わたしは念を押した。「絶対」「絶対」「絶対」と。

アパートまでの、ほんの十メートルほどの距離を、わたしは何度もうしろを振り返りながら歩いた。今までこらえていた痛みが一気に吹き出して、躰中《からだ》を駆け抜けていくようだった。足を一歩前に踏み出すたびに躰が軋《きし》んだ。

部屋に戻ると、わたしは流しで水を流しながら、顔に付いた血液を指で落とした。ごしごし洗えば痛みも洗い流せるような気がしたけれど、痛くて、それはできなかった。タオルで顔を拭《ふ》いたあと、別の洋服を取り出して、身に着けようとした。気が急《せ》いているせいか、素早く着ることができない。ストッキングを穿《は》くのももどかしく思えて、わたしは素足を靴に突っ込んで、再び外へ飛び出した。男らしい人の姿が消えていたらどうしよう、と、そればかりを思っていた。

男らしい人は、さっきと同じ場所にいた。立ったまま、煙草《たばこ》を吸っていた。わたしの姿を認めると、煙草を路上に投げ捨てて、足で踏み消した。助かった、と、わたしは思った。助かった、これで、見捨てられずにすんだ、と。

「行くで」

と、男らしい人は言った。

「どこへ」

と、わたしは尋ねた。

出会ったばかりのころのように「地の果てや」と、言って欲しかった。わたしの手を強く握りしめて。「決まっとるやないか」と。そうすればわたしたちは、出会ったばかりのころのふたりに戻れるかもしれないのに。

けれども、男らしい人はそうは言わなかった。

「どこでもええがな。おまえは黙って付いてこい」

男らしい人はわたしの前を、早足で歩き始めた。つんのめりそうになりながら、わたしは必死であとを追った。足がもつれて、うまく歩くことができない。追い付いても、追い付いても、そのたびに男らしい人はわたしよりも少しだけ、先を行こうとした。並んで歩くことなど許さない。おまえは奴隷《どれい》のように俺のうしろから来い。男らしい人の背中はわたしに、そう言っているように見えた。

4

闇の彼方《かなた》に、黄色い車が見えた。

「元ちゃん。夜の仕事、やっぱり予定通りキャンセルになったんやね」

少し前を歩く男らしい人の背中に向かって、わたしは声をかけた。唇と瞼《まぶた》は腫《は》れ上がっていたし、殴られた顔と耳の痛みは熱を伴って、増していくばかりだというのに、わたしの声は浮き浮きしていた。

黄色い車は幸福の象徴だった。圧倒的なその幸福を目の前にして、わたしは眩暈《めまい》がしそうなほど嬉《うれ》しくなった。この喜びに比べたら、ついさっき男らしい人から受けた暴力など、取るに足りないもののようだと思えた。

「わあ嬉しいな。あたしはどうせまた、キャンセルのキャンセルになるって思ってた。ねえ元ちゃん、夜の仕事、ほんまに全部、なくなったん？　もう行かなくてもええの」

男らしい人は何も答えなかった。

そのときになって、わたしは初めて気づいた。男らしい人の服装がいつもとは違っていた。それは汗臭くてよれよれの、いつもの仕事着ではなかった。男らしい人は仕事が終わったあと、いったん家に戻って、ちゃんと着替えてからここにやってきたのだ。

黄色い車は走り出した。

車が走り出してからわたしは、自分が手ぶらでやってきたことに気づいた。そういえば、部屋に鍵《かぎ》を掛けるのも忘れたような気がする。けれど、すぐに、ああ良かった、と、思った。バッグのなかには煙草が押し込んであったから、そんなものを持って出てきて、途中で男らしい人がそれを見つけ、また怒りに火がついたら大変なことになる。部屋の鍵だって、どうってことはない。たとえ泥棒に入られて部屋にあるものを何もかも盗まれたって、一向にかまいはしない。失いたくないものなど、あの部屋のなかに、今はもう何もないのだから。

それに、と、わたしは思った。まっすぐ前を向いたままハンドルを握っている男らしい人の、頬のあたりから太い首のあたりに目をやりながら。それに、わたしはこの人さえ失わずにいられたら、ほかのどんなものを失っても、かまいはしないのだ、と。

わたしは男らしい人の手を見つめた。

ついさっき、わたしを殴った手だ。髪の毛を摑《つか》んだ手だ。わたしの躰を振り払った手だ。太い指だ。わたしの躰の隅々まで触れたことのある指だ。わたしは自分の両手のひらをそっと、頬に当ててみた。そこに、男らしい人の手と指の跡がまだ残っているのかどうか、確かめたかった。

北山通りの並木は、色づいた葉を僅《わず》かに枝に残しているものもあったけれど、大部分は幹と枝だけになっていた。風が舞うたびに、落ち葉やそのかけらが小さな輪を描きながら、歩道の片隅でくるくる回っていた。命を無くした葉っぱたちが風の踊りに巻き込まれているようにも見えたし、死んだ落ち葉が自分たちの意志で、輪になって踊っているようにも見えた。

かごめ、かごめ、籠《かご》のなかの鳥は、いついつ出やる……

幼いころに歌った歌が胸のなかに浮かんできた。

ふと、秋も終わりに近いんだな、と、わたしは思った。

同時に、その瞬間まで、わたしは今がどんな季節なのか、思いを馳《は》せてみたこともなかったということに気づいた。わたしにとっては四季の変化など、なんの意味もないものだった。わたしには、男らしい人と一緒にいる時間と、そうでない時間、そのふたつの季節しかなかったのだから。

黄色い車は北山通りから北大路《きたおおじ》通りへ抜けて、わたしの知らない大きな交差点へ出た。

そこからさらに北へ向かってしばらく走って、どこかで西へ曲がって、また曲がって、何度も曲がって、それから右へ大きく折れて、そこから細い路地に入った。

「ここはどこ？　どこまで行くの？」

と、わたしは尋ねた。小さな声で、呟《つぶや》くように。わたしの呟きが、男らしい人の肩の上にそっと、止まれたらいいのに、と思いながら。

答えは返ってこなかった。

曲がっても、曲がっても、その先に細い路地はあった。路地は永遠に続いていくように見えた。どこへ続いているのか、どこまで続いているのか、あるいは、どこへも続いていないのか。路地の先は闇《やみ》だった。闇に吸い込まれるようにして、車は走っていった。二度と戻れないように、帰り道をわたしに記憶させないように、車は同じ場所を、わざと違った路地を選びながら、ぐるぐる回っているだけのようにも感じられた。

「元ちゃん、どこまで行くの」

と、わたしはもう一度尋ねてみた。

「どこでもええやんけ。おまえは黙って、俺の脇《わき》に座っとったらええのや」

「まだ怒ってんの」

男らしい人は黙っていた。

「なんで黙ってんの」

「うるさい。おまえはこれから、俺に一切質問はするな。『なんで』と訊《き》くな。なんでも俺の言う通りにするんや。ええか、わかったか」

優しい言い方だった。躰の奥が熱くなった。

「うんわかった。もう怒ってへんのやな」

路地のそばを、川が流れているような気配があった。細い川だ。弱々しく、痩《や》せ細った川だ。わたしは助手席の窓を開けて、その流れを見てみようとした。水の色がひどく変わった色をしているように思えたからだ。

「開けんなや。臭いさけ」

と、男らしい人が言い終わる前に、わたしはすでに窓を閉めていた。鼻から頭の芯《しん》まで突き抜けるような、強烈な臭《にお》い。水の色は毒々しいピンクだった。ピンクは途中から濃い紫に変わった。やがて紫はなまめかしい緑に、緑は濃い青に、黄に、橙《だいだい》に変わり、さまざまな原色が夜の闇のなかに見え隠れしていた。

窓を閉めたあとも、異臭は車内に残ったまま、なかなか消えなかった。

「みな、川上《かみ》の染め物工場から流れてきとんのや。垂れ流しや。下《しも》に住んどるもんは、どえらい迷惑やんけ」

男らしい人は吐き捨てるように言った。

川から少し離れた通りをこうして車で走っているだけでも、吐き気がするほど耐え難い臭いがするのに、その川岸にはびっしりと、寸分の隙間《すきま》もなく、バラック建ての民家が並んでいた。

「このあたり、毎日、こんなひどい臭いがするの。朝から晩まで?」

車窓に顔をくっつけて、窓の外を流れてゆく家々を見つめながら、わたしは尋ねた。

男らしい人は黙っていた。

「ねえ、あそこに住んでる人たち、こんな激しい臭いに我慢できるのやろか」

「アホ。我慢できるわけあらへんやんけ」

「そうやろな。あたし、こんなところに住めと言われたら、死んでしまう」

「ほおお、かもめちゃんなら、死んでしまうてか。そらそうやろな。ここは肥溜《こえだ》めや。貧民窟《ひんみんくつ》や。こんなひどいところにいるくらいなら、死んだほうがましやろな。そう思う奴《やつ》はぎょうさんおるやろ。そういえば俺は昔、この川をぷかぷか流れていく死体を見たこともあるのや」

男らしい人はそう言って、豪快に笑った。笑い飛ばした。それからぽつりと言った。

「かもめちゃん。俺が生まれたんは、ここなんや」

細い路地からさらにもっと細い路地へ、車は巧みにカーブを曲がった。

車一台がやっと通れるような路地を、男らしい人はスピードも落とさず、躊躇《ためら》うこともなく、ハンドルを切った。軽業師のような手つきで。どこにどういう曲がり角があって、それはどのくらいの角度のカーブなのか、男らしい人は知り尽くしているように見えた。今、対向車が来れば、間違いなく正面衝突するだろうと思えるような曲がり角に来ても、男らしい人はスピードをゆるめるどころか、わざと強く、アクセルを踏んだ。タイヤが軋《きし》んで、短い悲鳴のような音を出した。

そのたびにわたしは、元ちゃんやめて、危ない、と、叫んでいた。

「なんや、おまえ、案外と根性なしやなあ。俺と一緒やったら、なんにも怖いもんはあらへんかったんとちゃうのか、あれは嘘《うそ》やったんか」

元ちゃんと一緒なら、怖いものは何もない。それは確かに、わたしがいつも男らしい人に向かって、言い放っている言葉だった。

「嘘やない」

そう答えたわたしの目の前に、次の曲がり角が迫ってきていた。

「ほな、証明してもらおか。お楽しみはこれからや。ええか、なんでもええからそのへんにあるもん、しっかり摑んどけよ」

車の真正面には、一軒の家の壁と灰色のブロック塀が立ちはだかっていた。曲がり角を曲がり損ねれば、わたしたちは車ごと、そこに突っ込むだけだ。男らしい人はわたしのほうを横目でちらりと見て、にやっと笑った。

「かもめちゃん、行くで」

腕を泳がせるようにして、男らしい人はこれ見よがしに大きく、ハンドルを切った。その瞬間、わたしは固く目を閉じ、両足に力を入れ、躰《からだ》を硬直させていた。車体のうしろ半分が左右にぶるっと揺れて、すぐにもとに戻った。目を開けると、壁は消えていた。目の前には寡黙《かもく》な闇だけが広がっていた。

「ああ、こわ。死ぬかと思った」

「スリル満点やったやろ。もういっぺんやったろか」

「いやや」

「よっしゃ。おまえがいややと言うたらな、俺はとことんそれをすんのじゃ。覚えとけよ」

男らしい人は笑った。楽しそうな笑い方だった。わたしが悲鳴を上げたり、怖がったり、いやがったりすることが、面白くて面白くて仕方がない、といったふうだった。つられて、わたしも笑った。

この人は何もわかっていないのだ、と、笑いながらわたしは思っていた。わたしはこんなこと、本当はちっとも怖くはないのに。

わたしはそれからあとも、曲がり角が見えてくるたびに「元ちゃんやめて」と、悲鳴を上げていた。けれど、それはただ、男らしい人を喜ばせるために、怖がっているふりをしていたに過ぎなかった。わたしは、怖くない。怖くないから、叫んでいる。いくらでも、叫べる。あなたのために、叫んであげる。それであなたが、幸せになれるのなら。

この人と一緒なら、怖いものは何もない。

それはわたしにとって、揺るぎない真実だった。ふたり一緒なら、ブロック塀に激突して、赤い血を、あの川を染めるほどに流して、死んでしまってもかまいはしない。わたしは本気でそう思っていた。それは、わたしの望むところなのだ。わたしは自分の身の内に、徹底的に壊すことでしか、失うことでしか、全《まっと》うできない何かが巣くっているのを知っていた。

車は染め物工場の林立する町を通り抜けたあと、ひたすら北へ、北へと向かった。田舎道は次第に登り坂になり、そのうち九十九《つづら》折りの切り通しに変わった。黄色い車は猛スピードで、憑《つ》かれたように、その坂道を登っていった。わたしたちはふたりとも無言だった。けれどもその無言は生きていた。運転席と助手席のあいだで、言葉にならないたくさんの言葉がゆき交っていた。男らしい人は何かを必死で伝えたがっていたし、わたしも必死でそれに答えたがっていた。

いつのまにか、あたりの景色はすっかり変化していた。

道路の脇に、民家はほとんどなかった。右手は山肌が剝《む》き出しになった土手。左手は目も眩《くら》みそうなほど深く抉《えぐ》れた谷。険しい山道なのに、ガードレールは付いていない。

ゆるやかなカーブをいくつか曲がったあとで、突然、トンネルを抜けたように、視界が開けた。そこに車を寄せて、景色を眺める人たちが多かったためなのか、路肩に、自然にできたと思われる僅かばかりの駐車スペースがあった。

　男らしい人はそこに車を停めた。

　フロントガラスの向こう側には、樹海の作った闇だけが広がっていた。

「ちぇっ。しゃあないな。なんにも見えへんやんけ。ここから見える紅葉は世界一なんや。かもめちゃんに見せたかったなあ。今度は昼間に来ような。今年見られへんかったら、来年の秋にまた来ような。絶対に連れてきたる」

　男らしい人の言葉には心が籠《こ》もっていた。

「うん」

「もうちょっと走ったら、花背《はなせ》や」

　その地名は知っていた。紅葉の名所として知られていた。

「花背って、きれいな名前やね」

　と、わたしは言った。

「花背にも今度、連れていったる」

　と、男らしい人は言った。

「約束してくれる？」

「おう。約束する」

男らしい人は運転席から半身を乗り出して、両手でわたしの頭を胸のなかに抱え込み、髪の毛をくしゃくしゃにしたあと、乱暴な口づけをして、それから観念したように、ぱっと手を離した。それは男らしい人がわたしに何かを話そうとするときの、前置きのようなものだった。

深く息を吸い込んで、わたしは男らしい人の言葉を待った。

「むかしむかし、俺の連れがな、ここからまっさかさまに落ちて、死によった。バイクでな、ふたり乗りしとったんや」

「ふうん」

「高校生のふたり連れや。男は免許なしで、女は腹ボテやった」

「心中でもする気やったのかな」

「当たりじゃ。死ぬ気で突っ込んだんや。せやけど、女だけが死によった。男と腹のガキは助かった」

「運が強かったんやな」

「悪運や。かもめちゃん。その男は俺や。ガキは息子や。名前は健太。うちのおばはんが育ててる。もうすぐ五歳になる。そういうわけで俺は子持ちなんや。そんな俺でも、かもめちゃんは一緒になってくれるか」

なんと答えたらいいのか、わからなくて、わたしは黙っていた。そうか、この人には子どもがいたのか。驚いたほうがいいのだろうか。わたしはぼんやりと、そんなことを思っていた。

わたしは驚いてはいなかった。やっとこれで腑《ふ》におちた。男らしい人があんなに律儀《りちぎ》に戻る家には、わたしに隠している何かがあるに違いない。ずっと前からそう思っていた、それが、これだったのだ、だから、どうだというのだ?

「俺、そんとき、本気やった。本気で死んだろ思うててん。前にも話したけど、おやじが商売に失敗して、火達磨《ひだるま》みたいに借金抱えてたやろ。俺が死んだら保険金も入るし。せやけど結局死に損ねて、かえっておやじの借金、増やしてしもて、それでおやじの寿命を縮めてしもただけやったけど。そんなことはもう、どうでもええねん。俺が言いたかったことは、俺は今、かもめちゃんのこと、本気で考えてんねん。おまえがちゃんと大学出たら、俺はおまえの両親にきっちり頭を下げに行くつもりでいるんや。きょうはこれから俺の家に行って」

おばはんと倅《せがれ》に会って欲しいのや、と、男らしい人は続けた。「段取りはきっちり付けてあるのや。おばはんも倅も待っとる。夕飯《めし》は俺の家で、みなで一緒に食べよう思うてな。ほんまのこと言うとな、きょうは大将に無理言うて、わざわざ夜の仕事から外してもろたんや。せやのにおまえがこそこそ煙草なんか吸うてるさかい、つい頭にカーッと血が上《のぼ》ってしもたんや。堪忍《かんにん》したれや」

そんな言葉を聞きながら、元ちゃんやめて、と、わたしは声にならない声で、悲鳴を上げていた。ついさっき、いくつもいくつも曲がった恐ろしい曲がり角よりも、この曲がり角はもっと、恐ろしいもののように思えてならない。やめて元ちゃん。お願い。やめて。

「俺は男や。おまえとちごうて、頭は悪いけど、筋だけはきちんと通すつもりや。どや、俺と一緒になったれや。ガキはくっついてくるけど、それでもかめへんやろ。おまえが俺にいっつも望んどったことはこういうことやろ。責任を取ってくれと、言いたかったのやろ。俺は最初からそのつもりやったで」

異物が胸につかえているような気がして、うまく声が出せなかった。けれど、何かを言わなくてはならない、と、わたしは思った。「責任」という言葉が耳に突き刺さっていた。わたしは喉《のど》の奥から声を絞り出した。

「元ちゃん、違うの」

「何が違うねん」

「あたし責任なんか、取って欲しくない」

「どういうことや」

「あたしが欲しいのは、責任とか、筋とか、そんなものやない」

「そんなものとは、なんやねん。なんやその言い草は。それやったらおまえは、俺とはどういうつもりで付きおうとるんや。遊びなんか。躰の関係だけなんか。それともナニか。俺がコブ付きで、貧乏人やから、一緒にはなれんと、こう言うのか。え、はっきり言うたれや」

「違う」

「何が違うのや。さっきから違う違うと抜かしやがって、何がどう違うのか言うてみろや」

「一緒になるって、結婚するってこと?」

「ほかに、何があるねん」

「結婚したら、やっぱり元ちゃんは毎日、会社に行くのやろ。夜遅うまで働くのやろ」

「そら行くわいな。お仕事せな、どないしておまんま食べていくねん」

「あたしは毎日、家で元ちゃんの帰りを待つわけやな。その子を育てながら」

「そらそうや。飯も作ってな。おまえは女やし、それくらいしてもバチは当たらんやろ。ずっと家にいるのがいややったら、おまえも外に出て働いたらええやんけ。大学出たら、学校の先生になりたかったんと違うのか。しばらく働いて、それからおまえのガキも産んだらええやんけ。ひとりと言わんとふたり、いや三人でもええで。俺の甲斐性《かいしょう》で家族五人くらい十分に、食わしていったるやんけ。おばはん入れたら六人か。いや俺は七人でも八人でも十人でもかめへん」

「あたし、元ちゃんとそういう生活、したくないの」

「なんでや。ガキが嫌いなんか。俺と一緒になるのがいやなんか」

「元ちゃんとずっと、一緒にいたいの。でも元ちゃんの帰りを待つような生活はいや」

「それやったら俺に、いったいどうせいと言うのや。え?」

「何もして欲しくない」

「今のままでええと言うのか」

「もっと長い時間、一緒にいたいの。あたしは元ちゃんとずっと、くっついていたいの」

「会社へも行かんと、仕事もせんと、おまえと朝から晩までいちゃいちゃしとれと、こう言うのか。アホもそこまで徹底してたら、アホを通り越して、もうアホとは呼べへんわな。ハハハ、聖なるアホや。アホの権化《ごんげ》や。ハハハ最高やんけ」

男らしい人は笑っていた。わたしの好きな笑顔だった。躰を組み敷かれ、この笑顔に、上から見下ろされているだけで幸せだった時間が、確かにあったはずなのだ。あの日、あの夜、あの瞬間の、まばゆいばかりのあの記憶は、いったいどこへ行ってしまったのか。わたしの目には涙が滲《にじ》んでいた。だから、男らしい人の笑顔はぼやけて、ほんの少しだけ歪《ゆが》んで見えた。

「おまえ、年はなんぼや。おまえはまだやや子なんか?」

そう言いながら、男らしい人は再び、わたしの肩を抱き寄せた。

「おまえは可愛《かわい》いやっちゃ。ほんまに可愛い。今度目のなかに入れてみたろか」

「真面目《まじめ》に言ってるの。あたしは元ちゃんとつながっていたいんや。朝から晩まで二十四時間、一秒も離れんと、そばにいたいの。離れ離れになるのはもういややねん。一卵性双生児みたいになりたいの」

「わかった、ようわかった。俺に任せとき。なんにも心配することあらへん。おまえが大学卒業したら、ちゃんと一緒になろうな。一緒になって、ガキもいっぱいこしらえて。親御さんが反対しはっても、俺は絶対にあきらめへんから。なっ、それでええやろ」

ああ、違う、違う、違うのや、元ちゃん。

わたしはほとんど地面に跪《ひざまず》いて、神に祈りを捧《ささ》げたいような気持ちだった。

あなたは本当に、何もわかっていない。

あなたには永遠に、わからないのかもしれない。

責任とか、結婚とか、家庭とか。わたしが欲しいのはそんな、得体の知れないものではないのだ。わたしが欲しいのは、あなただ。あなたとの生活でもなく、あなたの子どもでもなく、あなた自身。あなたの欲望。その愛人で、わたしはあり続けたいだけ。

あなたの一部でありたい。同時に、全部でありたい。あなたの座っている車の座席、握っているハンドル、吸い込んでいる空気、吐き捨てる煙草《たばこ》の煙でもかまわない。あなたの触れるすべてのものに、わたしはなりたい。たとえばあなたの涙腺《るいせん》からあふれる涙に、わたしはなりたい。たとえばあなたの血管を、わたしは血液になって、流れたい。あなたに溶けて、重なっていたい。それがわたしにとって、愛するということ。

あなたが躰《からだ》で、わたしが心。あなたが海なら、わたしは潮騒《しおさい》。あなたが空なら、わたしは夕焼け。あなたが問いで、わたしが答え。愛することしかできない。それがわたしの答えなのだ。

どうしてそれが、あなたにはわからない？

激しく、わたしは絶望していた。どんなに自分の身を削って、この人を愛したところで、その愛は一方通行の迷路に入り込んで、ひとりで同じところを回り続けるだけなのだ。この人の言う通りに「一緒になった」ところで、そのあとはブロック塀にぶち当たって、死ぬことさえできなくなるのだ。

わたしは助手席の窓をするする開けて、外を見やった。

幽《かす》かに、枯れ草の匂《にお》いがした。

崩れかかった岩だらけの崖《がけ》が、わたしの眼下から、どこまでも伸びていた。獣道《けものみち》さえありはしない。険しい崖だ。世界と世界の深い裂け目だ。わたしは首を伸ばして、崖の底を覗《のぞ》いてみた。もちろん底など見えはしない。けれど、わたしにはそのとき、自分の進むべき道が見えた気がした。

そうだ、ここを降りてゆけばいいのだ。闇《やみ》の底へ向かって。深く切れ込んだ深い谷を。何かに、果て、というものがあるのなら、その果てのさらに向こう側まで。落ちるのなら闇の底の底の底まで。そこにはきっと、奈落《ならく》の出口がある。果てしなく回転し続ける欲望の輪から、逃れることのできる出口が。終わりの始まり。そこで、遠い昔に死んだわたしが、わたしを待ってくれている。

行かなくては、と、わたしは思った。わたしに会いにいかなくては。

助手席のドアに手をかけて、わたしは言った。

「元ちゃん、さようなら。あたし、ここからはひとりで行くわ」

ドアを開けて、外に出ようとした。男らしい人がわたしの肩を摑《つか》んで止めた。

「ひとりで行くて、おまえ、どこへ行くと言うのや」

わたしは振り返って、男らしい人の目を見た。

「決まってるやないか。地の果てや」

男らしい人の手を払いのけて、わたしは車の外に出た。冷たい空気がさあっと頬を掠《かす》めていった。男らしい人も運転席から外に、慌《あわ》てて降りた気配があった。

「これでお仕舞いや、元ちゃん」

男らしい人に対してそう言ったあと、わたしは小さく、でもはっきりと呟《つぶや》いた。ありったけの気持ちをこめて。自分に言い聞かせるように。ぱっくりと開いた闇の入り口に向かって。元ちゃん、好きやった。とてもとても好きやった、と。

「おい、待てや、どこ行くねん。待ったれや。待たんかい。危ないやないか。足踏み外したら、死んでまうで」

そう叫びながら、わたしの躰に伸ばそうとした男らしい人の両手は、むなしく空《くう》を摑んでいた。わたしはすでに崖の斜面に足を踏み出していた。岩の角が音を立てて崩れ、わたしは仰向《あおむ》けにばさっと倒れた。岩の破片や小石と一緒に、そのままずるずると急な崖を滑り落ちていった。背中に、焼け付くような痛みを感じながら。

洋服の一部が何かに引っかかって、躰が止まった。手足は地面に張り付いたままだった。

わたしは躰の向きを変え、岩肌に両手を付いて、立ち上がった。そこからまた一歩ずつ、横歩きで、崖を下っていった。

崖の底から、聞こえてくる声があった。

女の声だった。ひとりではない。大勢の女たちの声。聞いたことのある声。聞いたことのない声。もしかしたらあれは、男らしい人の子どもを孕《はら》んだ躰で、この崖に転落した少女の声なのか。樹木の枝から、枝にくっついている葉っぱから、転がっている石ころから、夜空から、夜風のなかから、女たちの声は響いてきた。四方八方から、まるで千手観音のように手を伸ばして、声はわたしの躰に触れようとしていた。

この女たちの声に身を委《ゆだ》ねて進んでゆく限り、わたしは迷わず、足を踏み外さないで、行きたい場所まで辿《たど》り着けそうだと思った。

はよう、おいで。

はよう、おいで。

こっちや、こっち。

こっちにおいで。

はよう、はよう、はよう……

わたしは、ここにいるよ。

わたしは、ここで待ってる。


「かもめちゃん。ええ加減にせえや」

「戻ってこんかい、かもめちゃん」

「どこにおるのや、かもめちゃん」

「かもめちゃーん」

しばらくのあいだ頭上から、男らしい人がわたしを呼ぶ声が聞こえていた。

男らしい人の声はやがて、女たちの声に掻《か》き消されて、聞こえなくなった。

わたしは一度も振り返らなかった。あたりは真っ暗で、何も見えなかった。月も星もない。闇夜だった。けれど、わたしの希望だけが輝いていた。両足を踏ん張れば、辛うじて立てる岩場まできてから、わたしは履いていた靴を脱いで、谷底に向かって、投げてみた。片方ずつ、両方とも。靴は闇のなかに吸い込まれて、そこから返ってくる音はなかった。靴を投げたあと、わたしはゆっくりと自分の身を投げた。

5

死に損ねたわたしは、不完全な死体として生き続けた。

五年かかって大学を卒業したあと、大阪にある旅行代理店に就職し、二十九のとき、お見合いで結婚をして会社を辞めた。

夫となった人には、当時三歳の子どもがいた。先妻は一年ほど前に、幼子を残したまま癌《がん》で亡《な》くなっていた。わたしの周りには、相手に子どもがいる、という理由から、この結婚に反対する人が多かった。けれど、わたしがその人と結婚したいと思った理由はまさに、その、子ども、にあった。男らしい人と一緒になっていれば実現したかもしれない幻の生活を、わたしは経験してみたかったのだろうか。いや、もしかしたらその結婚はわたしにとって、ある種の償いのようなものだったのかもしれない。だとすればそれはいったい、何に対する、誰に対する償いだったのか。

娘が小学校に通い始めた年、再就職した職場で優しい人と知り合った。優しい人とわたしはひとつ違いだった。優しい人のほうがひとつ年上。わたしには夫と娘がいたし、優しい人には奥さんとふたりの子どもがいた。それでもわたしたちは、惹《ひ》かれ合う気持ちを抑えることができなかった。

「もっと早く出会えていたら」

と、わたしたちはどちらも、言わなかった。その代わりに、

「知り合えて、良かった」

「巡り会えて、良かった」

と、言い合った。とても小さな声で、囁《ささや》くように。まるで誰かに聞かれるのを恐れているように。互いに互いをかばい合うように、手と手をしっかり握り合って。

優しい人の左手の中指は、根元からすっぽり欠けていた。かつて中指があったはずの場所には、丸く盛り上がった肉だけが残されていた。わたしは、自分の手のひらや指や唇で、そこに触れるのが好きだった。まるで直接、優しい人の裸の心に、

触《さわ》っているような気がして。

幼いころ、兄と一緒に納屋《なや》のなかで遊んでいたとき、回転している農機具のようなものに挟まれて、ひどい怪我《けが》をしてしまい、切断を余儀なくされた、と、優しい人は教えてくれた。

失われた、優しい人の中指。

それを、わたしは愛した。優しい人を愛した年月、優しい人がわたしのそばにいないときでも、わたしのそばにいてくれたのは、その指だった。

優しい人はわたしが事務員として働いていた学習塾に、わたしよりも少しだけあとに入社してきた。優しい人の生まれは浜松で、四国にある国立大学の農学部出身だった。優しい人は、理科と算数と数学と化学の講師として中途採用された。それまで勤めていた新聞社で大規模な人員整理があって、広告営業を担当していた優しい人も、それに引っかかってしまったということだった。

「もともと、ずっとそこにいたいと思えるような会社じゃなかったし」

と、優しい人は言っていた。「子どもがいなければすぐに再就職はしないで、しばらくのあいだ、のんびり釣りでもしながら、ぶらぶらしていたかったんだけどね」。

首切りになったとき、優しい人にはふたり目の子どもができたばかりだった。優しい人のように新しく採用された講師は、自分が配属された職場以外の教室で、研修と称する授業見学をしたあと、模擬授業を体験するよう義務付けられていた。分校で教えることになっていた優しい人は、わたしが勤務していた四条烏丸《しじょうからすま》の本校に、二週間にわたって通ってきた。

わたしの机のちょうど前の席は、普段は空席になっていて、優しい人のように本校に研修に来た人や、夜の授業時間だけに出社してくる非常勤講師たちが使っていた。ある日の午後、講師たちが全員、授業や所用で出払ってしまい、優しい人とわたしだけが偶然、事務所に残されたことがあった。

ごく短い時間だった。

わたしたちの机と机のあいだには、二段重ねの本棚があった。けれど、本と本の隙間《すきま》から、互いの顔はよく見えた。優しい人は煙草を吸いながら、机の上に広げたテキストに目を落としていた。わたしは電卓を叩《たた》きながら、経理事務の仕事をしていた。

「増田さん、コーヒーでも飲もうか」

と、優しい人はわたしに声をかけて立ち上がり、事務所の片隅にある湯沸かし室で、ふたり分のコーヒーを淹《い》れてきてくれた。湯気の立っているカップを、コトッとわたしの机の上に置くと、優しい人は言った。

「かもめって、すごくいい名前だね」

「そう思う？　亡くなった祖父が付けてくれたの。弟は翼《つばさ》っていうの。可笑《おか》しいでしょ」

「一度聞いたら絶対に忘れない名前だよ。それに、なんていうのか、ロマンチックだ」

「ありがとう」

「名前だけじゃなくて」

優しい人の言葉はそこで、ふっと途切れた。ほんの少しのあいだ、ふたりとも黙って、手元のコーヒーカップを見つめていた。それはとても心地良い、清潔な静寂だった。

それから優しい人は自分の身辺のことを、わたしはわたしのそれを、ぽつりぽつりと話し始めた。他愛《たわい》ない世間話として。

わたしたちは相手の話に耳を傾けた。自分とは関係のないところで営まれている赤の他人の人生の物語に。あとでそれらの物語がすべて、自分自身を突き刺す刃《やいば》のような物語になるとも知らずに。

優しい人の家庭にふたり目の子どもが生まれたばかりだという話は、そのときに聞いた。少年時代に怪我をして、中指を失った話も。大学時代の恋愛で結ばれて学生結婚をしたこと。そのとき奥さんは妊娠していたということ。結婚後、浜松には戻らず、奥さんの出身地である滋賀県で暮らしている。奥さんは公立の中学校の英語の教師。すでにふたりの関係は冷え切っているけれど、子どもがかすがいになって、辛うじてつながっているような気がする……そんな話も出た。

「ああ、ごめんごめん。つい調子に乗ってしまって。こんな話、つまらないよね。どこにでも転がっているような話だ。犬も食わない話って奴《やつ》かな」

そう言って、優しい人は小さく笑った。

「きみのところはどうなの。旦那《だんな》さんとはうまくいってるの。お子さんは？」

わたしは努めて明るく話した。小学校に上がったばかりの娘がいること。その娘は、夫の先妻が残した子どもであること。娘は一時期、雛《ひな》鳥が親鳥のあとを追うように、とてもよくわたしに懐《なつ》いてくれていたし、わたしも無我夢中で育て、可愛《かわい》がってきたのだけれど、五歳になったころから、次第にわたしを拒否するようになり、今ではわたしよりも、夫の母親と一緒に過ごすのを好んでいるようだ、というような話を。

「ちょっと寂しいのやけれど、でも、娘の気持ちをコントロールすることは、わたしにはできないしね。彼女も幼いときに母親を亡くした子だから、繊細なところがあるのやと思うの」

ちょっと寂しい、というのは嘘《うそ》だった。そのころのわたしは、一生懸命育てた子どもから「見捨てられた」という、どうしようもない寂しさに囚《とら》われていた。再就職のきっかけも、実はそこにあった。寂しさを埋めるために、わたしは、わたし自身の子どもが欲しいと一途《いちず》に願った。それなのに、できなかった。理由は、夫が子どもを欲しがっていなかったこと。そしてわたしが、夫から愛されていなかったせい。それならばせめて仕事を持ちたいと、わたしは思ったのだった。

もちろんそのときには優しい人に、そんなことまで話す気には到底なれなかった。

「女の人って、子どもを産む前と後《あと》では、性格が変わったりするもの？　黒瀬先生の奥さんはどうやった？」

と、わたしは優しい人に尋ねてみた。

「そうだな、そう言われてみると、確かに、変わったような気もする」

「どんなふうに変わったの」

「それは、なんて言えばいいのか、うちの女房の場合ってことだけど、かなりたくましくなったね。子どものためにちゃんと生きようっていうのかな、そういう強い感じになったね」

「いいな。羨《うらや》ましいな」

と、わたしは言った。心から、そう思っていた。結婚したばかりのころ、手のかかる三歳の子どもを一心不乱に育てながら、もしかしたらわたしはこれで、強い人間に生まれ変われるのかもしれない、と、思ったことがあった。そうなることを、切実に望んでいた。けれど、そうはならなかった。娘がわたしの手を離れていったあとには、死に損ね、半分壊れたわたしが残されていただけだった。

「自分の子どもを産んだら、わたしもやっぱり強くなれるのかな」

「さあ、どうかな。でも、そんなに無理して、強くならなくても」

そこでいったん言葉が途切れて、それから優しい人は、日溜《ひだ》まりみたいな笑顔をわたしに向けた。

「今、幸せなんでしょう?」

その問いに、わたしは本当の答えを返せなかった。

優しい人の笑顔は、わたしには優し過ぎた。

「うん、それなりにね。幸せの意味を深く追求しなければ、幸せかな」

と、わたしは答えを取り繕った。

「日常って、なんなんだろうね」

ふと思い付いたようにして、優しい人は言った。わたしに答えを求めているふうではなかった。一瞬の沈黙のあとに、優しい人はこう続けた。

「日常に支えられていると思うこともあるけれど、日常に、ゆるやかに殺されていると思うことも、あるんだよね」

その言葉もやはり、わたしに向けられたものではなく、自分自身に向けられた言葉のように聞こえた。授業の終わりを告げるチャイムが鳴り響いて、わたしたちの時間はそこで終わった。事務所にはばたばたと講師たちが戻ってきた。

「あなたとの恋愛の思い出があれば、もうそれだけで僕は、残りの退屈な人生を死ぬまで、なんとか幸せに生きていけそうな気がする」

わたしの躰《からだ》を洋服の上からきつく抱きしめて、優しい人が声を詰まらせながらそう言うのは、それから一カ月ほどのちのことだった。

京都駅のプラットホームのベンチに、優しい人とわたしは並んで腰掛けていた。それぞれの職場で、午後九時までの仕事を終えたあと、京都駅の構内で待ち合わせて、食事をしたり、お酒を飲んだりするようになっていた。駅周辺で一時間ばかり一緒に時を過ごしたあと、同じ電車に乗って、それぞれの家に戻っていた。わたしは京都駅の次の駅。優しい人はそのずっと先の駅まで。

「いつかどこかに、ふたりで旅行できたらいいのにね」

そう言ったのは、わたしだった。わたしたちはぴったりと寄り添っていた。優しい人の肩に、わたしは頭を預けていた。

目の前に、上り電車がゆっくりと入ってきて、停まった。ふたりとも、まるで申し合わせたように、立ち上がらなかった。さっきから、帰りの電車を一本、もう一本、と、遅らせていた。ひとたび電車に乗ってしまえば、ふたりの時間は数分後に終わると、わかっていたから。電車を見送ったあとで、優しい人は立ち上がって、言った。

「じゃ、今から行こう」

いつになく、強い口調だった。

「今から？　どこに？」

優しい人は黙ってわたしの手を取ると、改札に向かってずんずん歩き始めた。わたしの手は炎のように熱く、優しい人の手は真冬の月のように冷たかった。まるでわたしの欲望を鎮《しず》めようとするかのように、優しい人は力を籠《こ》めて、わたしの手を握りしめていた。わたしたちは激しく、求め合っていた。けれどもそれを言葉で確かめるということはしなかった。確かめなくても、わかり過ぎるほどに、わかっていたから。

入ったばかりの改札を通り抜けて、わたしたちは駅の外に出た。

駅前の大通りまで出てから、優しい人は右手を上げて、流しのタクシーを拾った。タクシーに乗り込むと、優しい人は運転手に向かって告げた。

「休めるところまでお願いします。できるだけ、遠いところで」

そんな言い方をしても、運転手は一組の男女をどこかに連れていってくれるものなのだということを、わたしは初めて知った。ひとつしか年の違わない優しい人が、ひどく大人びて見えた。

車のなかでも、わたしたちは固く、手を握り合ったままだった。

「お客さんら、ええ感じですねえ。はあ、なんや羨ましいなあ。あくせく仕事ばっかりしてんのがつくづくアホらしゅうなってきますわ。短い人生やのにねえ。お客さんらみたいに、熱く生きたいもんですわ」

と、運転手はまったく邪気の感じられない、間の抜けたような声で言った。

「そうですか。それはどうも」

と、優しい人は静かに答えた。

わたしたちはどちらも結婚していて、子どもがいて、それぞれの家庭を持っていた。けれど、今、この瞬間、それらは悲しいくらいに無力だった。何も塞《せ》き止めることのできない、無力な防波堤。わたしはタクシーの座席に身を沈め、身を強ばらせて、自分のしていること、これからしようとしていること、それが意味すること、それが影響を与えるであろうことについて、目まぐるしく思いを巡らせていた。車窓に映った女の顔を、穴が開くほど見つめながら。

そのときのわたしの気持ちは決して、流れに身を任せている、というふうではなかった。欲望に取り憑《つ》かれて、前後の見境もなく、というふうでもなかった。優しい人と肉体関係を持ちたい、という意志はあまりにもはっきりしていて、それは動かし難いものだとわたしは感じていた。なるようになれ、という捨て鉢な気持ちは微塵《みじん》もなかった。できることならこの人とふたりで、これから何かを築いていきたい。わたしはそんな希望さえ抱いていた。

運転手は時間をかけて、遠くまで走った。いつまで経《た》ってもそこには着かないのではないか、と思えるほど、遠くまで。あとで、その町がいったい京都のどのあたりにあったのか、思い出そうとしてもまったく思い出せないし、見当もつかないし、調べようもない、そんな場所で、運転手はふたりの客を降ろした。

目の前に、一軒のホテルがあった。

わたしたちはホテルの一室にチェックインした。

「こういうところに来たからといって、何かしなきゃならないってことはないんだよ。服を着たまま、ふたりでこうして横になっているだけでも、僕は安らぐし、あなたがいやなら今夜は何もしないで、しばらくしたら帰ろう」

と、優しい人は言った。決して開けられることのない窓のそばに置かれた、よそよそしいベッドの上で。

わたしが恋に落ちたのは、まさにその瞬間だった。もしもそのとき、優しい人がわたしを裸にして、貪《むさぼ》るようにわたしの躰を抱いていたなら、それで憑き物は落ちてしまい、わたしは優しい人に、恋しなかったかもしれない。

わたしたちは洋服を着たまま抱き合って、ベッドの上で、しばらくのあいだ、ただじっとしていた。互いの体温を感じ、互いの心臓の鼓動を聞き、互いの息づかいに耳を傾けながら。優しい人の言った通りだった。そういうふうにしているだけで、わたしの心は、たとえようもなく安らいだ。

優しい人の安らぎに包まれて、わたしはその昔、男らしい人がわたしに対して言った言葉を思い出していた。「おまえといると、俺はちっともくつろげへんのや」。そのころ、男らしい人に安らぎを与えていたのは売春婦だった。懐かしく、微笑《ほほえ》ましく、わたしは記憶の海に心を浮かべた。もしも今のわたしの躰のなかに、優しい人を癒《いや》すことのできる売春婦が棲《す》んでいるのなら、わたしはその売春婦を愛するだろうと思った。

優しい人の耳元で、わたしは囁《ささや》いてみた。

「黒瀬さん、わたしと一緒にこうしてるだけで、くつろげるの？」

「うん、すごく。でもどうしてなんだろうね。初めてなのにね。なんだか『ただいま』っていうような気持ちだよ」

肉体関係を結ぶことなく、安らぎだけを与え合ったその夜を境に、けれどもわたしたちは、決して安らぐことのない関係に、のめり込んでいくことになった。

夫と娘とわたしの三人が暮らしていた借家は、京都市の東の外れ、山科《やましな》の里にあった。

家は二階建てで、一階にひと部屋、二階にふた部屋があって、狭い家には釣り合わないほど広い玄関があった。玄関から家に上がると目の前には階段があり、その奥に台所、台所の左手に風呂場《ふろば》があった。家の作りに問題があったのか、家が古かったせいなのか、しょっちゅう隙間《すきま》風が入ってきて、寒い家だった。

夫は早朝、わたしと娘がまだ眠っているうちに、車で仕事に出かけていった。勤め先は大阪にある大手酒造メーカーで、見合いの席で会ったときには宣伝部の部長補佐、二年後には部長に昇格していた。

夫が出かけたあと、わたしは娘を起こして、ふたりで朝ご飯を食べ、小学校まで彼女を送り届けた。それから家のなかを整えて、学習塾に出勤した。塾の仕事は午後一時から九時までだった。

小学校が終わると、娘は夫の母親の家に戻った。義母《はは》の家とうちはバス停ひとつ分、離れているだけだった。義母は孫娘に夕ご飯を食べさせ、お風呂にも入れて、夫が会社の帰りに車で迎えにくるのを待った。夫の迎えが遅くなったときには、夫も娘もそのまま義母の家に泊まった。部長になって以来、夫の仕事は忙しくなる一方だったから、そういう夜は頓《とみ》に増えていった。

それはわたしにとって、願ってもないことだった。優しい人と時を過ごしたあと、戻ってきた家が空っぽだと、わたしは心底ほっとした。特に、優しい人に慌《あわ》ただしく抱かれた夜などは。わたしは一晩中、ひとりきりでいたかった。

家のなかで顔を合わせるたびに、夫とわたしは諍《いさか》いを繰り返していた。

夫は、わたしが仕事を続けたいなら、借家を引き払って、母親の家で同居して欲しいと、盛んに言い立てた。義父《ちち》は多額の財産を残して、数年前に他界していた。

義母はわたしを嫌っていた、にもかかわらず、わたしたちと一緒に暮らしたがっていた。いや、もっと正確に言えば、彼女は息子と孫娘と一緒に、暮らしたがっていた。

義母との同居はしない、近くに住むだけ。それは結婚するとき、夫と交わした約束事のひとつだった。

「せやけどそれは、あんたが家にいる、という大前提のもとでの約束やったはずや」

と、夫は言った。だから、どっちかにしてくれ、と、夫は主張した。わたしはどちらもいやだった。仕事を辞めてずっと家にいる生活も、仕事を続けながら義母と同居する生活も。

そんなある日、娘が学校で描いた「お母さんの絵」というのを持ち帰ったことがあった。そこにはわたしとは似ても似つかない、着物姿の女性が描かれていた。「琴子ちゃん、この人、ママに全然似てへんねえ」と、わたしが言うと、娘はランドセルのなかから一枚の写真を取り出して、わたしに見せた。「おばあちゃんがね、この写真見てかきなさいと言わはったの。琴子のママは世界中でこの人ひとりだけなのやと、言わはったんよ」。

それはお宮参りの写真だった。生まれたばかりの赤ん坊を抱いた、若い母親の姿が写っていた。

このような出来事は、日常茶飯事だった。けれども夫には何も話さなかった。わたしが話せば、夫はおそらくこう言っただろう。「それはあんたが、母親としてのつとめを怠ってるせいやろ」と。

家のなかは荒涼とした砂漠でも、一歩家から出ればそこには、優しい人とわたしの世界が広がっていた。毎日、玄関から外に出て、家を背にした瞬間、わたしの耳には家が崩れ落ちてゆく音が聞こえていた。同時にわたしの躰のなかで、後妻であり継母《ままはは》である女が死に、みずみずしい別の女が目を覚ますのがわかった。

わたしは化粧をして、スーツに身を包み、パンプスを履いて、家を出ると、駅への道を急いだ。駅に向かうときには、ほとんど小走りになっていた。電車の時間に遅れたくないからではなかった。今から、会いにゆく。もうすぐ、会える。この道はその瞬間につながっている。そのような思いに背中を押されて、わたしは前につんのめりそうになっていた。

切符を買って、改札を抜け、駅の階段を駆け足で上がる。乗るのは、職場とは反対方向の上り電車。わたしは優しい人に会うために、優しい人の住んでいる町の駅まで、電車に揺られていくのだ。四十分ほどで、電車は駅に着く。最初の四十分はひとりだけれど、そのあとの四十分はふたり一緒だ。

プラットホームで、優しい人はわたしを待っている。駅の売店で買ったばかりのスポーツ新聞を読みながら。電車のなかから、その姿が見える。わたしが電車から降りる、正確なその位置に、優しい人は立っている。あらかじめ、わたしの降りる車両は前から二番目のうしろの出口、と、決めてあるからだ。そうすればわたしたちは、わたしが電車を降りた瞬間に会える。わたしは、転がるように電車から降りる。優しい人が広げた新聞の陰で、素早く唇を合わせる。喜びが大き過ぎて、わたしは口もきけなくなっている。

それからわたしたちはふたり並んで、向かい側のホームにやってくる下り電車を待つ。電車の行く先は京都駅。京都琵琶湖線という名の路線。

電車の色は青だった。湖面にそよぐ風の色。湖底に沈んだ悲しみの色。わたしの職場は京都駅から北に上がった場所にあり、優しい人の勤める分校は京都駅で電車を乗り換えて、西に数分、走ったところにあった。

京都駅の周辺にある喫茶店で、わたしたちはコーヒーや紅茶を飲みながら、取り留めもない時を過ごした。出勤前のわずか三十分ほどの時間を、惜しむように、いとおしむように。別れ際《ぎわ》には必ず、その夜の待ち合わせ場所を確認してから、別れた。

わたしは今でも、そのころのふたりを「恋人たち」と、そのころ過ごした時間を「恋」と、臆面《おくめん》もなく、呼ぶことができる。誰に咎《とが》められようと、また、誰ひとり認めてくれる人がいなくても、世界でたったひとり、わたしだけは永遠にそう呼び続けるだろう。

優しい人はいつも、こう言っていた。プラットホームで、わたしの肩を抱き寄せながら。あるいは別れ際の電車のなかで、わたしの手を握ったまま。週の半分をわたしと一緒に暮らすようになってからも。

「家を一歩出た瞬間から、考えているのはきみのことばかりだよ」

優しい人の温もりが、どこかに僅《わず》かに残った躰《からだ》で、冷え冷えとした家に戻ってゆく帰り道。

わたしはよく、一度しか会ったことのない女の人の言葉を思い出していた。

まだ十代だったころ、男らしい人に連れていってもらったバーの、若いホステスさんの口から出た言葉。彼女はシングルマザーだった。名前を、カオリさんといった。

「四条から山科《やましな》に戻るとき、タクシーで蹴上《けあげ》の坂を登りますやろ。あの坂を登るときには、うちは母親になるんです。そうして翌日の夕方、店に出るためにあの坂を下りてきますやろ。そのときにはうちは、女になるんです」

「母親と女は別々の人間なの？」

と、わたしは彼女に尋ねた。男らしい人はわたしのそばで笑っていた。「無粋な質問すんなや」と言いながら。カオリさんに向かって「堪忍《かんにん》してやってな。こいつまだ、ねんねですねん」と言いながら。

カオリさんは真面目《まじめ》な顔で答えた。

「別々です」

それからわたしの瞳《ひとみ》をじっと覗《のぞ》き込んで、言った。

「あんたにもそのうちきっと、わかる日が来ます。ひとりの人間が同時に、警察と泥棒になることはできまへん。けど、ひとりの人間のなかに、両方が棲み着いてしまうことがある。そんなときにはどっかできっちり区切りをつけて、ここからは警察、ここからは泥棒、そうやって生きていくしかありませんやろ」

6

家を出て、わたしの借りた部屋はビルディングの二階にあった。ビルの一階には五軒の店舗が入っていた。居酒屋、洋服屋、雑貨屋、不動産屋、花屋。三階から上が賃貸マンションになっていた。名前は「安達ハイツ」。十階か十五階か、そこらの高さがあって、屋上に、臙脂《えんじ》色《いろ》の屋根のようなものが付いていた。その屋根は、上りの新幹線の窓から遥《はる》か彼方に、ほんの一瞬だけ、はっきりと目にすることができた。

その部屋に住んでいるときも、住まなくなってからも、わたしは上りの新幹線に乗ると必ず、列車の窓に顔をくっつけて、その屋根を見つけようとした。うまく見つけられたときには、訳もなく嬉《うれ》しかった。三角形をした臙脂色の屋根。優しい人と過ごした場所。それは、わたしのお墓だった。

ビルの近くを、川が流れていた。

「あの川を渡ると、なんだかすごくほっとする」

優しい人は部屋に着くなりそう言うと、いつも両腕にありったけの力を籠《こ》めて、わたしの躰を抱きしめてくれた。そのころのわたしは、ほとんどその瞬間のためだけに、生きていたようなものだった。

両岸をコンクリートのブロックでがちがちに固められ、流れているのかいないのか、わからないような、淀《よど》んだ灰色の川。どこから流れてきて、どこまで流れてゆくのか。それに関心を抱く人など、ひとりもいなかったに違いない。川面《かわも》には塵《ちり》や芥《あくた》が浮いているだけで、生命の気配すらない。まるで世界から見捨てられたような川だったけれど、優しい人が口癖のように「ほっとする」と言うせいで、わたしもいつしかその川を渡るときには、不思議な安堵感《あんどかん》で、心が満たされるようになっていた。

ビルの入り口のガラスの扉を開けると、そこには小さなホールがあって、その奥にエレベーターがあった。しょっちゅう壊れるエレベーターだった。そのたびに、閉じ込められた人が鳴らす非常ベルが、玄関ホールに響いていた。

エレベーターの手前の壁には、住人たちの郵便受けがずらりと並んでいた。長方形をした郵便受けにはそれぞれの部屋番号が記されていて、その番号の下に、名前を書いた名刺大の白い紙を貼《は》り、表札代わりにしている人が多かった。

わたしの部屋番号の下にふたりの名前を書いて貼り付けたのは、優しい人だった。

それはとても奇妙な表札だった。わたしの名前を旧姓のフルネームで、優しい人は記した。

青山かもめ
おそらくそれは、優しい人のささやかな抵抗だったのだろう。そのときまだ、わたしが離婚できていなかった夫の姓、増田に対する。あるいは、優しい人は願いを籠めていたのか。わたしに旧姓に戻って欲しいという。けれどもその表札が奇妙に見えたのは、わたしの名前が旧姓で記されていたからではなかった。奇妙だったのは、優しい人がわたしの名前の下に、自分の名前をわたしのものよりも小さな文字で書いて、それを括弧で囲んでいたこと。

（黒瀬幹彦）

その表札を思い出すとき、わたしは今でも、自分の名前を括弧に入れた優しい人のことをいとおしいと感じる。愛《いと》しい人。わたしの、優しい人。

職場の近くにあった不動産屋を仕事の休憩時間に訪ねて、訪ねたその日、その時、その場で、わたしは契約を結んだ。事前に部屋を見にいきもしなかった。部屋の間取りがどうで、日当たりがどうで、周りの環境がどうであるかなど、わたしにはどうでも良かった。とにかく、部屋を借りること。それだけが、重要だった。わたしの頭のなかはそれだけで占められていた。部屋を借りる。優しい人と、そこで会う。

「うちから目と鼻の先に、男と寝るための部屋を借りるなんて、おまえの神経はいったいどうなってるんや。おまえには恥というものがないんか」

と、あとで夫から詰《なじ》られることになるのだけれど、わたしは、自分の借りようとしている部屋が夫や義母の家からそれほど遠く離れた場所にはない、ということについて、うしろめたい思いを抱くことはなかった。罪悪感は軽々と乗り越えられた。

それよりもわたしは、まったく見知らぬ町で部屋を借り、そこで新しい生活を始めることのほうに、恐れをなしていたのだった。

最初に契約をしたのは二階の端っこの部屋だった。二階は他の階に比べて、驚くほど家賃が安かった。

けれどもすぐに別の部屋に移ることにした。

引っ越したその日の夜、真夜中になってから、部屋の真下にあった居酒屋の経営者か従業員と思われる人が、店を閉めたあとカラオケの練習を始め、それが明け方まで果てしなく続いた。床から伝わってくる男の歌声はか細く、まるで首を絞められて殺されかけている人の、すすり泣きのように聞こえた。その声を聞いていると、底知れぬ不安が胸に広がってきて、わたしは一睡もできなかった。

次の夜にも同じことが起こった。その次の夜にも起こった。

一階に住んでいた管理人に事情を話してみたところ、それなら二階にはほかにも空いている部屋があるから、そこに移ったらどうです、と、提案してくれた。空いていたのは、二階のもう一方の端っこの部屋だった。

その部屋の真向かいには、一本の細い路地を隔てて、材木屋があった。ほとんど毎日のように、製材の音が響いていた。朝から夕方まで、ひっきりなしに。キイイイイン、キイイイインというような音だ。部屋の窓を閉め切っていても、その音は容赦なく入り込んできた。けれど、わたしには、気にならなかった。男の歌声は生きていた。生きている男の声には、どうしても我慢できない、と、感じたわたしだったけれど、死んでしまった木が削られている音は、難なく受け入れることができた。

一週間のうち三日間、わたしたちはその部屋で生活を共にした。当時わたしが忌《い》み嫌っていた言葉でたとえるなら、まるで「夫婦」のように。

わたしは引っ越ししてしばらくしてから学習塾の事務員を辞め、自宅でできる添削の仕事を始めた。週に二回だけ一、二時間程度、添削し終えた答案用紙を持参し、仕事の評定を受け、次の仕事をもらうために会社に出向いていけば良かった。

月曜日と火曜日。優しい人はわたしの部屋から仕事に出かけていき、わたしの部屋に帰ってきた。50ccのバイクで、駅からまっすぐに。灰色の川を渡って。

水曜の朝、優しい人はわたしの部屋を出ていくと、その夜は戻ってこなかった。

優しい人はわたしの知らない場所で一晩泊まって、木曜の朝に再びわたしの部屋に戻ってきた。

木曜日と金曜日。優しい人はわたしの部屋から仕事に出かけていき、わたしの部屋に帰ってきた。けれども金曜の夜は、わたしの部屋で二時間足らずの時間を過ごしたあと、知らない場所に去っていった。

そして優しい人は二日間、わたしの部屋には戻ってこなかった。

わたしはいつも、いつも、月曜日を待ち焦《こ》がれていた。

月曜の朝になると、失われていた人生がわたしの手に、戻ってくるようだった。月曜の夜には、ほかの日の夜には決して味わえない安らぎがあった。優しい人は今夜もここにいるし、明日の夜もここにいる。優しい人は別の場所からここにやってくるのではないし、翌日、別の場所に去ってもゆかない。月曜日は、そういう日だった。薔薇色《ばらいろ》の月曜日。優しい人と結ばれるということは、わたしにとって、毎日が月曜日になるということだった。

月曜の午後。わたしは近くの商店街へ出かけていって、夕食の材料をあれこれ買い集めた。商店街の人たちから「奥さん」と声をかけられるのも、月曜日なら苦にならなかった。優しい人が仕事から帰ってくるのは十時過ぎ。わたしは、優しい人がお風呂《ふろ》に入っているあいだに、いそいそと食卓を整えた。炊飯器のスイッチを入れ、レタスをちぎってサラダを作り、あらかじめ準備しておいた料理を温めながら、テーブルの上にお皿やグラスを並べていった。一秒一秒が貴重で、楽しかった。

火曜の朝から夕方までは、格別に楽しかった。優しい人は夕方から始まる授業に合わせて、わたしの部屋を出ていけば良かった。わたしたちは番《つがい》の小鳥たちのように、躰を寄せ合って過ごした。

優しい人がわたしのそばにいるときには、何もかもがうまくいく、という希望を抱くことができた。すぐに消えてしまう、儚《はかな》い希望だったけれど、それゆえに、それは美しい希望だった。わたしのこれからも、優しい人のこれからも、何もかもがきっと、うまくいく。わたしたちはいつか、晴れて、一緒になれる。必ずそういう日がくる。そう思うことのできた、月曜日。

火曜日の夜。黒雲が渦巻き始める。

あしたの朝、優しい人はいなくなる。遠いところに去っていってしまう。そこはわたしの手の届かない場所。思いももちろん届かない。「わたし」という存在は、その場所にはない。わたしは死にたくなる。消えてしまいたくなる。

そして、水曜の朝がやってくる。過去も現在も未来も木《こ》っ端《ぱ》微《み》塵《じん》に砕け散り、ふたりの世界は跡形もなく、消滅する。わたしにはもう、死にたいという気力さえなくなっている。

「たった一晩だけじゃないか。あしたの夜はまたここに戻ってくるんだから。そんなに嘆くなよ」

と、優しい人は言った。そんな言葉は、なんの慰めにもならなかった。

「あした戻ってきても、またあさってには、いなくなってしまうじゃない」

木曜の朝は、月曜の朝に似ている。

優しい人はわたしの部屋から仕事に出かけていって、わたしの部屋に戻ってくる。けれど、木曜日の次に火曜日はこない。翌日は金曜日なのだ。

金曜の夜は、地獄に突き落とされた。

この世で一番不幸なのはわたしだ。あしたも、あさっても、優しい人には会えない。その間優しい人のそばには、奥さんがいる。ふたりの子どもが、優しい人の背中や肩にまといついている。優しい人は子どもたちを抱きしめる。頬ずりをする。キスをする。

部屋の外が春でも夏でも秋でも、わたしのまわりだけは酷寒の冬だった。降り始めた雪が氷雨《ひさめ》に変わり、道はどこもかしこも凍り付いてしまい、わたしは一歩も前に進むことができない。手足は凄《すさ》まじい凍傷に冒されて、使い物にならない。何度経験しても気が狂いそうになる、生き地獄。棺桶《かんおけ》に辿《たど》り着くことさえできない、出来損ないの死体。

土曜の朝は、窓の外がどんなに晴れていても、わたしには何もかもが灰色に見えた。

灰色の瓦《かわら》屋根、灰色のテレビのアンテナ、灰色の鳩《はと》、灰色の洗濯物、灰色の空気、灰色の人間たち、灰色の道、灰色の太陽……。

わたしの躰《からだ》は死んでいた。死んでいたから、目は何も見ていなかったし、耳は何も聞いていなかった。皮膚は無感覚になり、神経は麻痺《まひ》していた。味も匂《にお》いもわからなかった。言葉はすべての意味を失っていた。

週末はほとんど部屋のなかにいて、ただ、時間が早く過ぎることだけを祈りながら、答案用紙に向かって、壊れた機械のようにペンを走らせ続けた。

時計は遅々として先に進まなかった。

そんなときわたしはよく、男らしい人を部屋で待っていたころのことを思い出した。あのころも、わたしは待っていた。男らしい人が部屋にやってくるのを待って、待って、待ち焦がれていた。狭いアパートの部屋のまんなかにしゃがみ込んで、進まない時計を見つめながら。けれどもあのころの「待つ」と、今のこの「待つ」では、何かが決定的に違う、と、わたしは感じていた。男らしい人を待って、苦しんだその果てには、苦しみを塗り潰《つぶ》してくれるだけの喜びがあった。男らしい人は結局、わたしだけのものになってくれた。待てば、男らしい人の不在は必ず埋まった。

優しい人を待つということは、それは、苦しみではなかった。苦しみなど遥《はる》かに越えたところにある、圧倒的な絶望。絶望的な悲しみ。いくら悲しんでも、その先に、喜びはなかった。どんなに待っても優しい人の不在は埋まらない。なぜならわたしは初めから、優しい人を喪失していたのだから。悲しみ抜いて待ったその果てに、わたしが得るものは、喪失の確認に過ぎなかった。

そのころのわたしにとって週末とは、永遠に終わらないのではないかと思えるほど長い、二日間だった。永遠に続く四十八時間。減りもしないし、増えもしない。いつまで経《た》っても二日間のまま。それは最早《もはや》「時間」とは呼べない、優しい人の不在に耐えているだけの、耐え難い時間の空白だった。

本を読むことも、テレビを見ることも、わたしにはできなかった。なぜならそれらはわたしにとって、拷問《ごうもん》器具にも等しい存在だった。「幼い子どものいる家庭」が描かれていたり、映し出されていたりするのを目にすると、吐き気がしてくるのだった。

必要に迫られて部屋の外に出てみると、胸に石が詰まっているように苦しかった。うまく呼吸ができなかった。酸素の足りなくなった金魚のように、わたしは口をぱくぱくさせながら、歩いた。足を引きずるようにして、よろめきながら。死んでいるのだから当然かもしれない、と、わたしは思った。横断歩道の途中で足がすくんで歩けなくなってしまい、立ち止まり、呼吸を整えてからやっとのことで、足を踏み出すこともあった。優しい人の家庭を思わせるような、子ども連れの夫婦の姿を見かけたりすると、その場に倒れてしまいそうになった。

やがて月曜日がやってくる。

月曜の早朝。優しい人が部屋のドアを「カチッ」と音をさせて開けた瞬間、わたしはたちまち息を吹き返した。凍てついていた全身の血管を、温かい血液が流れ始めるのがわかる。わたしはお湯を沸かして、コーヒーを淹《い》れる。一緒に朝食を食べたあとは、ふたりでぼーっと音楽を聴いたり、近くの公園まで散歩に出かけたり、連れ立って買い物に行ったり。特別に何をするということもなく、優しい人が出勤するまでの時間を穏やかに過ごす。その、他愛《たわい》ない時間が与えてくれる、なんと大きな幸福の予兆。

それから、ビルの一階にある駐車場まで、優しい人を見送りに出る。

「行ってらっしゃい、気をつけてね」

「ああ、行ってくるよ」

括弧で名前を括《くく》られた、わたしの愛しい人を、わたしは手を振って、見送った。優しい人も手を上げて、それに応《こた》えてくれた。幸せだった。

そして月曜の夜がやってくる。わたしは幸福の絶頂まで登り詰める。あしたの朝も、あしたの夜も、優しい人はわたしのそばにいてくれる。

水曜日には、絞首刑が待っている。息も絶え絶えになりながら、必死で首の縄を解いて、なんとか甦《よみがえ》る木曜日の朝。だが金曜日には再び崖《がけ》から下にまっさかさまだ。毎週二回、規則正しく銃で撃たれて、そのたびに瀕死《ひんし》の重傷を負い、よろよろと立ち上がってはまた撃たれる、そういうことを繰り返していた、わたしの一週間。


いつだったか、優しい人に語って聞かせたことがあった。

十年以上も前の、男らしい人との恋愛の思い出。「かもめ物語」はすでに、水彩絵の具で描かれた淡い風景画のようになって、その絵にぴたりと合った額縁がはまっていた。

過去にわたしが抱いた激情は、優しい人に話すたびに角が取れ、いつのまにか、手のひらに乗るほどの丸い化石になっていた。わたしはときどきその石を膝《ひざ》の上に置き、両方の手のひらで包んで、温めながら、独りぼっちの肌寒い夜をやり過ごしていたのだった。

「そこまで思い詰めて、死のうとするなんて、僕にはできないだろうな。でもそこまで誰かを思えるということが、僕には羨《うらや》ましいような、でも怖いような気もする」

そう言ったあとで、優しい人はわたしの顔を見て、微笑《ほほえ》んだ。哀《かな》しそうな笑顔だった。

「僕のためには、死んだりできないでしょう?」

わたしは柔らかな笑顔を作って、言った。

「うん、できない」

だって、わたしはすでに、あなたに殺され続けているのだもの。死にたくても、死にようがないじゃないの。底抜けに明るく、そう言い放ってみたかった。けれど、わたしには言えなかった。どんなに面白可笑《おか》しく、冗談にして言ってみても、その瞬間に、悲しい現実がわたしに、突き刺さってくるだけだとわかっていたから。

わたしを死刑にしたあとで、優しい人が戻っていく場所は奥さんの実家だった。優しい人がわたしに説明してくれた事情を鵜呑《うの》みにするなら、優しい人の奥さんが子どもたちを連れて実家に戻っている理由は、彼女の両親の体調がすぐれないため、ということだった。ほかには、奥さんの実家と職場である公立中学校が近くて、通勤にも非常に便利だということ。実家で暮らしていれば、幼い子どもたちの面倒を両親に見てもらえるので、保育園に預ける手間が省けるということ。一方、優しい人が奥さんの実家から職場に毎日通うのは不可能に近かった。そのため、夫妻がそれまで住んでいたアパートはそのまま借りておき、優しい人だけがそこに残って暮らし、水曜日と週末には家族に会いに妻の実家に戻る、そういう別居生活を組み立てたのだ。

「きみの存在には、向こうも薄々、気づいていると思うよ」

「そうなの。でもどうして？」

「どうしてって、それはわかるだろうさ。いくら鈍くても」

「気づいているならそれについて何か、言われたりはしないの」

「しないね。会話がないんだ、そもそも。気づいていても自分からは言わない、そういう性格なんだ、向こうは」

仮に奥さんがわたしの存在に気づいていたとしても、そうでなかったにしても、優しい人と奥さんの別居の目的はあくまでも、ふたりの結婚生活の態勢を整えることにあった。奥さんの年老いた両親を気づかいつつ、同時に、子どもたちに手のかかる時期をなんとかして乗り越えようとする、建設的で前向きな別居だったのだ。それをうまく利用して、優しい人はわたしの部屋で暮らし、うしろ向きな情熱に駆られて、わたしの躰を貪《むさぼ》り食らっていたに過ぎない。

付き合い始めたばかりのころ、優しい人は言っていた。

「女房は二度の出産で躰を悪くしてしまってね。もう子どもをつくることはできないんだ。僕たちのあいだにはだからもう、こういうことは一切ないんだよ」

果てしなく続いて欲しいと思えるような、優しい行為が終わったそのあとで。ふたりとも裸のまま、温かい皮膚と皮膚を寄せ合ったままでいるときに。「こういうことをするのは、きみとだけ」。

わたしはその言葉を信じて、疑わなかった。


金曜日の夜。

抱かれたくないのに、わたしは抱かれる。なぜならあしたもあさってても、抱かれることはできない。だから今夜はどうしても抱かれておきたい。優しい人も同じことを言った。

「金曜の夜は絶対に抱きたい」と。

何度か、優しい人に提案してみたことがあった。水曜と同じように金曜も、朝、部屋で別れて、夜はそのまま奥さんのところに戻ってくれないか、と。甦《よみがえ》って、また殺されるより、いっそ死んだままでいるほうが楽なの、と。そう言った端《はな》からわたしは、優しい人の胸に頭を押し付けて、言うのだった。

「やっぱりいや。どんなに短くてもいい。金曜の夜はここに戻ってきて抱いて」

抱かれたあと、優しい人の体温が残っているシーツに顔を埋めて、わたしは泣いた。起きて洋服を身に着ける気力もなく、裸のままで、背中を折り曲げて、打ち捨てられた木偶《でく》のように。優しい人が帰り仕度をする音を聞きながら。ズボンを穿《は》いたり、ベルトを締めたりする音。鞄《かばん》を取り上げる音。歩いて、玄関まで行く足音。靴を履く音。靴べらを使う音。背中でそれらの音を聞きながら、わたしは泣いた。亡《な》くなったばかりの、大切な人に取りすがって泣く人のように、全身全霊で。

優しい人は履いたばかりの靴を脱ぎ、わたしのそばまで戻ってきて、声をかけたり、背中を撫《な》でたり、抱きしめたりしてくれることもあった。

「そんなに泣かないでよ。今生《こんじょう》の別れみたいに。月曜の朝にはまた戻ってくるんだから。結局僕が戻ってくる場所は、ここしかないんだから。それはきみが一番、よく知っているはずだよ」

たとえ百回、いいえ千回、そんな言葉を聞かされても、わたしの心が慰められることはなかった。

「もう行かなきゃ、遅れてしまう」

と、言うのはいつもわたしのほうだった。優しい人が上りの最終電車に乗り遅れてしまうことを、心配していたわけではなかった。「もう行かなきゃ、遅れてしまう」という台詞《せりふ》を、わたしは優しい人の口からは、聞きたくなかったのだ。

それから、玄関のドアが開いて、ドアが閉まる。駐車場で、優しい人がバイクのエンジンをかける音がする。今夜は絶対に見送るまい、と、心に決めていても、バイクのエンジン音を聞くと、わたしは転がるようにベランダに出て、バイクに乗って去ってゆく優しい人の姿を見送ってしまう。優しい人は二階を見上げ、ベランダに立っているわたしに向かって、手を上げる。

優しい人はそのとき、どんな顔をしていたのだろう。わたしの目は涙で曇っていたから、優しい人の表情は見えなかった。優しい人に、わたしの顔は、見えていたのだろうか。

その夜、いつものように打ち捨てられたわたしは、いつもとは違った行動に出た。いったい、どういう経緯《いきさつ》があって、わたしはそういう行為に及んだのか。おそらく行為よりはその理由のほうが、そのときのわたしにとっては何倍も大切なものだったはずだ。なのに、大切なことはきれいに忘れ去られ、わたしの取った行動だけがしぶとく、生き残っている。

わたしはベランダに立っていた。

冬の初めだった。冷たい風が吹いていた。京都独特の、皮膚にちりちり突き刺さるような風だ。それなのにわたしは裸に近い状態で、震えながら、優しい人を見送っていた。バイクに乗った優しい人の姿がすっかり見えなくなってしまい、その残像が消えてしまうまで、わたしは外に立ち尽くしていた。あとは、うなだれて部屋のなかに戻り、そのまま毛布にくるまって泣き続けるか、台所で強い酒を立て続けに呷《あお》って、まるで殴られた人のように布団《ふとん》に倒れ込み、そのまま翌朝を迎えるか、そのどちらかだった。

けれどもその夜、わたしは部屋に入るなり、裸の上にコートを羽織り、財布と鍵《かぎ》だけをポケットに入れ、素足をブーツに突っ込んで、部屋を飛び出した。行かなくてはならない。

切羽詰まった思いに、突き動かされていた。

エレベーターを待つのももどかしく、階段を駆け下りて、表通りまで走って出た。灰色の川を渡ればそこで、流しのタクシーを拾うことができる。川を渡る前から、わたしは車を捕まえるために手を上げていた。

急ブレーキの音がして、個人タクシーが止まった。わたしの目の前で、ドアが開いた。

「山科駅まで。急いで下さいますか」

「はい」

と、答えながらも、運転手は訝《いぶか》しげにうしろを振り返った。上りの最終電車は、あと五分もすれば山科駅に到着する。それにしても、髪の毛を振り乱し、涙でぼうぼうに腫《は》れた瞼《まぶた》のこの女は、これから最終電車に乗って、いったいどこに向かうつもりなのだろう。運転手はそう思ったに違いない。

「裏へ回って下さい」

と、わたしは告げた。駅の表口に通じる道路には、信号のある交差点がふたつもある。が、駅の裏に通じている小道は、この川沿いの道の行き止まりから始まっている。車で駅の表口に乗り付けるよりも、小道を自力で走っていくほうが、一、二分早くプラットホームに着ける。

運転手はアクセルを踏み込んだ。

わたしは目を閉じた。

駅の構内にはまだ、優しい人がいるはずだ。ゆっくりとホームに入ってくる最終電車を、優しい人は待っている。優しい人が電車に乗ってしまう前に、どうしても会いたい。一瞬だけでも会えたら、それでいい。会って「おやすみ」と言えたら、それでいい。どうしても、そうしなくてはならない。今夜は。

「このへんでええですか？」

「はい、ここでいいです」

わたしの目の前には、黒々とした土手があった。土手には細い小道が刻まれている。この土手の向こうに、駅がある。

タクシーを降りると、わたしは土手を走った。ゆるやかな傾斜の土手の上は自転車置き場になっている。自転車の群れを掻《か》き分けるようにして、わたしは突き進んだ。

土手を下りようとしているとき、遠くのほうから、電車が駅に近づいてくる音が聞こえてきた。踏切の警報機が喧《かまびす》しく鳴り始めるのはあと数十秒のちだ。その前に、なんとしてでも踏切を渡らねばならない。

わたしは走った。死に物狂いで走った。

遮断機がわたしの頭上に下りてくる直前に、わたしは踏切を突破した。改札を抜けて、階段を駆け上がった。優しい人の姿を探した。探した。探した。

電車がスピードを落としながら、ホームに滑り込んできた。電車の作り出す騒音と駅員のアナウンスが響くなか、わたしは優しい人を見つけた。優しい人は売店のそばに立っていた。見えたのはうしろ姿だった。わたしに背中を向けて、優しい人は電話をかけていた。黄緑色の公衆電話だ。

優しい人が

電話をかけている！

どこへ？

どこへ？

どこへ？

心臓が止まりそうになった。

血管が切れていく。神経も切れていく。ぶつっぶつっぶつっと、切れる音がする。骨が砕ける。皮膚が破れる。わたしは血だらけだ。

見てはならないものを見てしまった、と、わたしは思った。電車に乗る前に、奥さんに電話をかけている、わたしの優しい人。

「これから帰るよ。今、電車が来たから」

そんな声が今にも聞こえてきそうで、わたしは思わず両手で耳を塞《ふさ》いでいた。

わたしにとって、それは思いもかけない光景だった。この駅は、わたしの住んでいる町の駅。わたしと優しい人が一緒に時を過ごす部屋のある町の駅なのだ。わたしたちの駅なのだ。そんな駅から、優しい人が家に電話をかけているなんて。信じられなかった。信じたくなかった。ベンチに腰掛けるか、ホームに立つかして、所在なく電車を待っている優しい人の姿を、わたしは想像していた。いいえ、どんな姿であっても、良かった。優しい人は駅にいて、心のなかでわたしのことだけを思ってくれている、と、わたしは思い込んでいたのだ。

「幹彦さん」

すぐそばまで歩み寄ってから、わたしは優しい人の肩越しに声をかけた。

優しい人は受話器を耳から離して、今まさに戻そうとしているところで、ホームに入ってきた電車は今まさに、停止しようとしていたところだった。

振り返って、わたしの姿を発見したときの、優しい人の顔に浮かんでいたのは、驚きと戸惑い、いったいどうしてまた？　というような表情だった。わたしは優しい人の瞳《ひとみ》に、それまでに一度も見たことのない、冷たい光が宿っているのを見て取った。けれど、それは一瞬だけだった。次の瞬間には、優しい人の目はわたしのよく知っている、人懐《ひとなつ》こい目に変わっていた。

「お、どうした。何かあったか」

優しい人はそう言った。思わず口をついて出た、というような言い方だった。

「会いたかったから」

と、わたしは言った。

「もう一度、会いたかった――。もう一度会って――」

わたしの声は掠《かす》れていた。呼吸も荒かった。頬には乾いた涙がこびりついていた。前髪は額に張り付いていた。醜い顔だった。それでも一生懸命、わたしは微笑《ほほえ》んだ。

「おやすみなさいが言いたくて」

優しい人が再び何かを言おうとするよりも先に、電車のドアが開いた。反射的に、優しい人は電車に乗ってしまった。わたしは優しい人の真正面に立っていた。優しい人は乗降口に立ったまま、ドアが閉まるまでの数秒間のあいだに、言った。

「降りようか。なんなら今夜はタクシーで帰ってもいいんだ」

わたしは「降りて」と言えなかった。優しい人は電車から降りなかった。たぶん、わたしが「降りて」と言っても、優しい人は降りなかっただろう。それがわかっていたから、わたしは「降りて」と言えなかったのかもしれない。

電車のドアが閉まった。閉まる直前に優しい人は「じゃ、月曜の朝ね」と、言ったような気がした。電車が動き出すまでのごく短いあいだ、わたしと優しい人は薄汚れたガラス窓越しに見つめ合っていた。優しい人はすまなそうにも、やるせなさそうにも見える、曖昧《あいまい》な笑みを浮かべていた。

優しい人を乗せた電車は走り出した。わたしはホームに取り残された。

何も変わらないのだ、と、わたしは思った。優しい人の世界のなかにおいて、わたしはその一部に過ぎず、わたしの世界のなかにおいて、優しい人はすべてだった。永遠に重なり合うことのないふたつの世界。世界と世界を切り分けて、渺々《びょうびょう》と横たわる桟橋のない海。深夜の駅で、胸の奥から大量の血を流しながら、わたしが目にしたものはそれだった。

7

子どもがふたりとも大きくなったら。

成長して、すべての事情をきちんと理解できる年齢になったら。

ちゃんと説明して、理解してもらうつもりでいるから。

別れる直前まで優しい人は「そのあとできっと、一緒になろうね」と、まるで口笛でいつも吹くメロディのように、その言葉を繰り返していた。わたしもそのたびに「きっとね」と、そよ風のように答えを返していた。

わたしたちは何度も念を押し合い、何度も同じ言葉を交わし合った。

「下の子が大きくなるまでの辛抱だから」

「大きくなるまでって、何歳くらいのこと？」

「高校生くらいかな」

そのとき、下の子はまだ一歳半か二歳か、そこらだった。だとすればわたしが待つのは、十数年間ということになる。

「大丈夫よ。ずっと待ってるから」

と、わたしは言った。「必ず待ってる。約束する」。

待ってると信じていた日々は、確かにあった。そう信じる以外に、わたしのできることはなかった日々でもあった。

わたしたちはきっと、いつか、一緒になれる。

こんなに好きで、

こんなに気が合って、

こんなに求め合っているのだし、

こんなに……

優しい人と過ごした最初で最後の一年間。

わたしたちは、金魚と小鳥を飼っていた。

ダイニングルームのテーブルの上に水槽を、窓辺には鳥籠《とりかご》を置いていた。春から秋にかけて、鳥籠はベランダに出した。

「部屋のなかに小鳥とか金魚とかがいると、気分が落ち着くよね」

と、優しい人は水槽や鳥籠を見るたびに言った。

「うん」

と、わたしも頷《うなず》いた。実際のところ、わたしの気分はそんなものでは決して、落ち着くことなどなかったのだけれど。それでも小鳥や金魚を眺めていると、優しい人がつかのまの「ふたりの暮らし」をこの部屋で築こうとしている、ということが感じられて、わたしにはそれが、嬉《うれ》しかった。

小鳥は初めのうち、一羽だけ飼っていた。一羽の白い雌の文鳥。

「番《つがい》にしてやろうよ。一羽じゃ、寂しそうだから」

優しい人があるときそう提案して、ふたりで近所の小鳥屋まで出かけた。一晩店に預けて、相性の良い雄をあてがってもらい、ひとまわり大きな鳥籠に二羽を入れて連れ帰った。

番にしてから一カ月も経《た》たないある日の朝、起きてみると、鳥籠のなかで片方の文鳥が倒れていた。お腹《なか》のあたりが異様に膨らんでいた。瞼はまるで何かを決意したかのように、カチッ、と閉じられていた。

優しい人は鳥籠のなかから、小鳥の亡骸《なきがら》を取り出して、掌《てのひら》の上に乗せた。

「触ってごらん、まだ、温かいよ」

それから優しい人は、右手の人差し指の先で小さな輪を描くようにして、小鳥の腹をさすった。

「可哀想《かわいそう》に。卵を詰まらせたんだな。なんとか卵を外に出してやれば、生き返るかもしれない」

ふたりで代わる代わる小鳥のお腹を撫《な》でたり、押さえたりしてみた。けれども小鳥は冷たく、固くなっていくばかりだった。

それが、わたしの部屋で死んだ、最初の命だった。

わたしを慰めようとしたのか、優しい人はある夜、今度は番のインコの入った鳥籠を手に、仕事から戻ってきた。一羽はブルー。もう一羽はグリーン。

「わあ、綺麗《きれい》やねえ」

と、わたしはため息をついて、見とれた。

残された白い雄の文鳥の籠のそばに、美しい二羽のインコの鳥籠が並んだ。

二羽のインコは仲睦《むつ》まじく、狭い籠のなかで四六時中、躰《からだ》をくっつけ合ったり、嘴《くちばし》と嘴でつつき合ったり、じゃれ合ったりしていた。その姿を眺めているだけで、いつのまにか頬に笑みが浮かんでしまうような、微笑ましい光景だった。

そのうち、雌が卵を産むようになった。二羽は辛抱強く温めて卵を孵《かえ》し、孵った雛《ひな》にせっせと餌《えさ》を運んだ。雛が育って巣箱から出てくると、優しい人は職場に持っていき、欲しいという先生や子どもたちに引き取ってもらっていた。

孵ったばかりの雛を巣箱から取り出して、スプーンで餌をやり、わたしが自分の手で育てたこともあった。そうすれば手乗りのインコになるよ、と、優しい人がやり方を教えてくれたのだ。

最初の一回だけ、三羽の雛を育て上げ、三羽とも手乗りにすることに成功した。けれど、そのあとは何度やっても、どうしてもうまくいかなかった。寒さのために死んでしまった雛もいれば、スプーンから餌を食べることができなくて、餓死してしまった雛もいた。まだ羽毛も生え揃《そろ》っていない、まるで不格好な粘土細工みたいな亡骸。

わたしの部屋の片隅で、生まれたばかりの命は、次々に死んでいった。優しい人が家族の待っている家に戻ってしまい、ひとり部屋に取り残された夜。わたしは酒で自分の心を殺してから、小鳥たちの姿を飽きることなく、眺め続けていた。

鳥籠のなかで卵を産み、温め、雛に餌を運び、健気《けなげ》に、慎ましやかに、生の営みを繰り返すインコたち。そのそばで、懸命に餌を食べ、水を飲み、水を浴び、ほんの僅《わず》かな空間を空に見立てて羽根を広げている、独りぼっちの白い文鳥。

皮肉なことに、ふたつの鳥籠のなかで繰り返されていたのは、優しい人の家族の生活と、わたしの生活だった。

ずっと前に、優しい人は言ったことがあった。まだ、わたしたちの恋愛が始まっていないころのことだ。

「子どもができたのは、たまたまなんだよ。妻は望んでいたようだったけれど、僕は正直なところ、抵抗があった。僕だけの意志で事を進めることができたのであれば、子どもはつくらなかったかもしれない。ひとり目も、ふたり目も」

　それに対して、わたしは言った。

「でも子どもって、いたらいたで楽しいでしょ？」

　そのころのわたしは、自分の子どもを産みたいと、渇望していた。それはほとんど悲願のようなものだった。子どもさえできれば、夫の心も娘の心も、取り戻せるのではないか。ぐらつきかかっている人生を、もう一度立て直すことができるのではないか。わたしはそんな希望を抱いていた。まるで心の切れ端を貼《は》り合わせたような希望だった。

「それに、子育ての喜びって、人を大きく成長させてくれるでしょ？」

　優しい人は、答えた。手探りで何かを、探しているような言い方だった。

「喜びは、もちろんあるよ。でもなんていうのかな、それは『これを喜びとして感じなくてはならない』と自分に言い聞かせながら、喜んでいるような、僕にとってはそんな喜びかもしれないな」

　半分は本音だったのかもしれない。が、残り半分は嘘《うそ》の言葉だった。ずうっとあとで、わたしはそれに気づくことになる。

小鳥に限らず、優しい人は小さな生き物が好きな人だった。

「金魚も飼おうよ」

優しい人がそう提案して、ふたりで金魚屋へ出向いた。インコを飼い始めた直後のことだった。ガラスの水槽、水のなかに酸素を送り続ける装置、水槽の底に敷き詰める小石、藻、魚の餌などを買い揃え、同時に、赤、黒、白、金、銀、色とりどりの金魚を買って、水槽のなかに放した。

それぞれの魚に、名前を付けた。名付けたとたん、魚たちの個性がくっきりと目に見えてくるようになった。気の強い金魚もいれば、温和な金魚もいた。食いしん坊の金魚もいれば、孤独の好きな金魚もいた。わたしたちは食事をしながら、テーブルの上の水槽のなかで泳ぎ回っている金魚たちについて、あれこれ話をして和んだ。

けれども、金魚たちは呆気《あっけ》なく死んでいった。

一匹が死んで水面に浮かぶと、それを合図にしたかのように翌朝には別の一匹、その次の朝には二匹、三匹、と、死んでゆく。水槽のなかで、目に見えない死が伝染しているようだった。

「死んだらね。すぐに死んだ奴《やつ》を水槽から取り出さないと。魚の病気はうつるからね」

教室で生徒に教えるように、優しい人は言った。「餌をやり過ぎないように。やり過ぎは絶対にだめだよ」。

優しい人は死んだ金魚の数だけ、新しい金魚を買ってきては、水槽に入れた。買い足しても、買い足しても、金魚は死んでいった。水槽に蔓延《はびこ》る死の威力は、あまりにも強かった。わたしは金魚がすっかりいやになってしまった。

最後の一匹が横向きになって水面に浮かんだ朝、わたしは優しい人に「もう買ってこないで」と言った。

「どうせ、死んでしまうのやから」

しばらくのあいだ、わたしは水槽を空のままにしておいた。

ある火曜日の午後だった。

優しい人の運転する車に乗って、琵琶湖まで釣りに出かけた。良く晴れて、どこまでも澄み渡った空のもと、湖もまた、空の色をそのまま映した鏡のように美しく、波は黄金の光をたたえて、ふたりの湖畔に、寄せては返していた。

ブラックバスという名の黒っぽい魚が五匹ほど釣れた。

一匹釣れるごとに、わたしたちは子どものように歓声を上げて喜び、小躍りをした。

「僕は釣ったあとはみんな、逃がすようにしてるんだけどなあ」

わたしが、一匹だけ部屋に持ち帰って、水槽のなかで飼ってみたいと言うと、優しい人はそう言った。

「それにもう、魚はいやになってしまったんじゃなかったっけ」

優しい人は木洩れ日《こもれび》みたいに笑った。

「きょうの思い出を部屋まで持って帰りたいの」

そう言いながら、わたしも笑った。

「思い出か。ずいぶん少女趣味だね。失礼、ロマンチシズムと言うべきなのかな」

「そんなんとは違うの」

そのときわたしが抱えていたのはもっと深刻な、抜き差しならない思いだった。

それは「この人と一緒に琵琶湖に釣りに出かけた」という事実を、はっきりと目に見える形にして、自分のそばに留《とど》めておきたい、そうでもしないと来週になれば、先週わたしたちは本当に琵琶湖に行ったのかどうか、それさえあやふやになりそうだ、というような、理不尽な不安。それをなんとかして埋めたいという、もがきにも似た必死の思い。バケツのなかの一匹の魚はまさに、水に溺《おぼ》れた人が摑《つか》もうとしている藁《わら》のような存在だった。

優しい人と付き合っているあいだ中、だからわたしはひどくこだわっていた。思い出の品、思い出の場所、思い出の言葉、思い出の……に。

野生の魚を水槽のなかで飼うのは無理だろう、という優しい人の予想に反して、ブラックバスは長生きした。

狭苦しい水槽のなかに囚《とら》われているにもかかわらず、ブラックバスは、野性味のある泳ぎを見せた。

ひときわ美しかったのは、餌の獲《と》り方だった。水面に餌を投げてやると、いったん躰を水槽の底に沈めておいてから、四十五度くらいの角度のまっすぐな斜線を引くようにして、水面に浮いた餌に突進してくる。バシッと水音を響かせて餌を口で捕らえると、もんどりを打って、再びシャープな斜線を引きながら、水底に戻る。

ほんの一秒か二秒くらいのあいだに、それをやってのけるのだった。

琵琶湖で生まれ育ったブラックバスは、わたしたちの食卓にのぼるものならなんでも食べた。ハム、ソーセージ、鶏肉《とり》、牛肉、豚肉、蒲鉾《かまぼこ》、パンの切れ端、ご飯粒、卵焼き。

強い魚だ。この魚はそう簡単には死なないだろう。そう思っていた矢先に、ブラックバスは死んだ。なんの前触れもない突然の死だった。前日の夜まで、ナイフで水に切れ目を入れるような泳ぎを見せていたのに。翌朝はまるで雑巾《ぞうきん》のようになって、水面にぽっかり浮いていた。その姿を見たとき、わたしは初めて、ブラックバスが見せていた華麗な餌の捕獲を「哀れだった」と感じた。

ごめんね、と、わたしは呟《つぶや》いた。こんなところに閉じ込めて。広い琵琶湖に、帰りたかっただろうに、と。

ブラックバスが死んで、わたしの部屋から「思い出の琵琶湖」が消えた。

そのころ、「思い出」を自分のそばに置いたり、所有したり、身に着けたりすることに執着していたわたしは、優しい人がキヨスクで買って、読み捨てようとしている雑誌をもらって、それを自分の鞄《かばん》のなかに入れて持ち歩いたり、使いかけの消しゴムやボールペンや百円ライターをもらって、それらを宝物のように大切にしたり、とにかく優しい人が使ったもの、触れたもの、捨てようとしているものを、事あるごとに「それ頂戴《ちょうだい》」と言って、自分のものにした。

「どうして、こんなものが欲しいの」

と、優しい人に笑われることもあった。

けれども優しい人は、わたしが欲しいと言えば、それを断ることはなかった。

「買ってあげるよ」

と、言ってくれることもあった。けれど、わたしは断った。

新しい何かを買ってもらうのではいけなかった。そんなものにはなんの意味も、価値も、見出せなかった。優しい人からもらうのは、優しい人の息がかかり、手垢《てあか》や染《し》みや匂《にお》いが付いているようなものでなくてはならなかった。優しい人に使われたもの。所有されたもの。それでいて、優しい人の家庭の面影を一切感じさせないもの。そうであれば、たとえそれがどんなに下らないものでも、ごみ同然のものでも、わたしには特別な輝きを持ったもののように思えていたのだった。

たとえばわたしは、優しい人が使っていた定期券を、期限が切れるたびにもらって、自分の定期入れのなかに仕舞い込んでいた。

それはある木曜日の夜のことだった。

九時過ぎになって、優しい人から電話がかかってきた。

「申し訳ない。今夜はそっちに戻れなくなった。子どもがひどい熱を出しているようなので」

優しい人は、職場からまっすぐアパートに戻って、そこから車で「あっち」に向かうつもりだ、あしたは子どもを病院に連れていくために休みを取った、と、言った。ということは、わたしたちはこれから丸々三日間も、会えないということになる。

「すまないね」

と、優しい人は言った。「この埋め合わせはちゃんとするから」。

「そんなこと、気にしないで。謝ることなんかあらへんよ。それよりもお子さん、お大事にね」

と、わたしは言った。なんとか泣かずにそこまでを言ってから、わたしは続けた。

「それならわたし、今から京都駅まで行ってもいい？」

駅で優しい人に一目会えたらそれでいい、と、思っていた。

「僕はかまわないけど、わざわざ出てくることもないのに」

「ううん、行かせて。顔が見たいの」

京都駅の構内で優しい人と会ったあと、わたしはそのまま優しい人と一緒に電車に乗って、優しい人のアパートのある駅まで行った。そうすれば四十五分だけ、優しい人のそばにいる時間を引き延ばすことができる。それはまだ、部屋を借りていないころ、わたしがときどき衝動に駆られて取っていた行動だった。そんなことをしても結局、四十五分後に辿《たど》り着く駅で、てぐすね引いてわたしを待ちかまえているのは絶望、でしかないのに。

わたしはプラットホームで優しい人と別れて、そこから蜻蛉《とんぼ》返りで自分の駅まで戻ってきた。

山科駅から定期で電車に乗って、再び山科駅まで戻ってくるまでのあいだ、改札から一度も外には出ていなかった。が、無論わたしは、自分の乗った上り電車の往復切符を買うべきだった。けれども、今にも張り裂けてしまいそうな思いを、胸いっぱいに抱えていたわたしには、精算窓口の前の行列に並んで切符を購入するという行為が、煩《わずら》わしく思えてならなかった。戻っても、そこには孤独が待っているだけなのに、とにかく一刻も早く、部屋に戻りたかった。

改札口で定期券を見せて、五歩くらい外に出たところで、背中から、中年男性に声をかけられた。「ちょっと、すんません」というような言葉。遠慮がちで、丁寧な口調だった。

「お客さん、さっき到着した下りに乗ってはりました?」

わたしの定期券は山科駅と京都駅の一区間だけに通用するものだった。だから「いいえ、違います。上りです」と言って、白を切り通せば良かったのかもしれない。けれどわたしには、咄嗟《とっさ》に嘘がつけなかった。

「お急ぎのところ、お時間取らせてしもて、えらい申し訳ないんですけど、お客さんの定期券、ちょっと拝見させてもらえませんでしょうか」

男の言い方は、依然として丁寧でありながらも、どこか相手に有無を言わせないような、慇懃《いんぎん》無礼な調子に変わっていた。わたしはついさっき、バッグに仕舞ったばかりの定期入れを取り出して、男に見せた。自分がキセルの罪に問われているのだということは、すでに認識していた。

「ははあ、これは京都・山科間の定期券ですなあ。せやけどお客さん、最前《さいぜん》は下りの電車に乗って、大津方面から来はりましたやろ。困りましたなあ。こういうことしたら、あきまへんなあ。ま、ここではなんですから、大変恐れ入りますがちょっとだけ、なかまで来てもらいまひょか」

男に肩を押されるようにして、わたしは出たばかりの改札口から駅の構内に入り、改札口の近くにあった事務所のなかに連れていかれた。そこで、申し訳程度の衝立《ついたて》で仕切られた部屋に通され、机を挟んで中年男性と向かい合って座り、取り調べを受けた。

「で、結局どこからどこまで乗らはったんです?」

「京都から、草津まで」

「ああ、それやったらまず京都駅で、山科から草津までの切符を買うてもらわなあきませんわな。うっかり買い忘れたんやったら、山科に戻ってきたとき、精算所で草津までの往復料金を払ってもらわなあきまへん」

わたしはうなだれて「すみません」「以後必ずそうします」「もう二度としません」という言葉を繰り返していた。

「失礼ですがお宅、お仕事は」

「添削の仕事をしています」

「ほほう、それはどんなお仕事で？」

「受験生の模擬試験の答案の添削です」

「子どもを指導する立場にある人が、こないなことでは困りますなあ」

「すみません」

「ところでお宅、ご結婚なさってます？」

どうしてこんな質問に答えなくてはならないのだろう、と、思いはしたけれど、わたしは、答えないわけにはいかない立場に置かれていた。

「はい」

と、わたしは答えた。そのとき夫との離婚はまだ、正式に成立していなかった。

「それはそれは。で、ご主人はどちらへお勤めで？」

わたしが夫の会社の名前を告げると、男は感嘆の声を上げた。

「ほおお、これはまたえらいりっぱな会社にお勤めや。お子さんはいてはるのですか」

「娘がおります」

「お年は？」「ごきょうだいは？」「学校へは行ってはるの？」

男は矢継ぎ早に問いかけてきた。わたしはまるで、罠《わな》に掛かった兎《うさぎ》のようだった。

「小学校二年生の娘が、ひとりだけ」

「ああ、私の妹のところにも、同じ年頃の女の子がおりますわ。お宅のお嬢ちゃんはどちらの小学校で？」

このまま果てしなく、いつまでも続くのではないかと思えるような問答の合間合間に、わたしは何度も謝り、何度も頭を下げた。

「すみません。もう二度としませんから」

謝る以外に、恥をかく以外に、わたしのできることはなかった。事務所に入ってから、すでに三十分ほど経《た》っていた。

「まあ、人間、誰でも魔がさすということはありますわな。しっかり反省してもろたら、今回のことはこれで」

と、中年男性が言いかけているときに、最初からずっと机のそばに立っていた無表情な若い男が、机の上に置かれていたわたしの定期入れを取り上げて、中身を外に出し始めた。いかにも無造作な手つきだった。

一枚、二枚、三枚、四枚。

わたしは、使用中の定期券の下に、優しい人からもらった期限切れの定期券を四枚、大切に仕舞い込んでいた。

弛《ゆる》んでいた中年男性の顔つきが、それらの定期券を見た瞬間、きりっと引き締まった。

「あらら、奥さん、これはいったいなんなんですか。どないしはったんです。なんで古い定期券をこんなにぎょうさん、集めてはりますのや」

中年男性は、軽いキセルの罪でわたしを捕まえてみたものの、日付の異なる古い定期券が四枚も出てきたことで、この女にはもっと大きなキセルの余罪があるのではないかと思ったのだろう。中年男性が周囲に目配せのようなものをすると、たちまちのうちに二、三人の男たちがわたしのそばに集まってきた。

「ほら、これ見てみ」

「名前は黒瀬幹彦、三十五歳か」

「これも黒瀬やな」

「これも黒瀬のや」

「なんで黒瀬の定期がこんなにぎょうさん……」

「奥さん、あんたこれ、いったいなんに使《つこ》うてたんです？」

わたしの目の前で、見知らぬ男たちが、優しい人からもらった大事な定期券を邪険に扱っていた。薄汚れた指で、弄《いじ》くりまわしていた。これ見よがしに机の上に広げたり、並べたり、重ねたりして。

わたしの胸にふつふつと、怒りが込み上げてきた。

黒瀬、黒瀬、と男たちが口にするたびに、まるで優しい人の名前が侮辱されているような気がした。どうして、優しい人の名前がこんな薄汚い男たちから、呼び捨てにされなくてはならないのか。自分がキセルの罪で取り調べを受けているということ、期限切れの定期券が出てきたことで、さらに疑われているということなど、わたしにはもう、どうでも良くなってきていた。

「やめて下さいよ」

そう言ったわたしの声は、怒りで震えていた。瞼《まぶた》は涙で膨らんでいた。目尻《めじり》には涙が滲《にじ》んでいた。わたしと優しい人。ふたりのあいだに存在している聖なる何かが、清らかな何かが、理不尽に、ここにいる男たちによって汚《けが》されている、陵辱《りようじよく》されている、踏みにじられている。その侵犯に対して、わたしは憤《いきどお》っていた。

「返して下さい。わたしのものなんですから。古い定期を集めてどこが悪いんですか。そんなの人の自由でしょ」

「そやかて奥さん、こんなに何枚も、期限切れの定期券持ってはったら、誰かて怪しいと思いまっせ。なんで奥さんみたいなちゃんとしたおうちの人が、こんな得体の知れん男の切れた定期を、後生大事にコレクションせなあかんのです」

どうして優しい人がこんな男から「得体の知れん男」などと言われなくてはならないのか。わたしは精一杯の抗議のしるしとして、中年男性を睨《にら》み付けた。

男は余裕たっぷりの笑顔で言った。

「頭の悪いこの親爺《おやじ》にもわかるように、理由を説明してくれはったら、奥さんは初犯ですさかい、情状酌量ということでかましませんのや。旦那《だんな》さんにも連絡せんですみますのや」

わたしは両方の目からまっすぐに、涙を流していた。

「だから、黒瀬さんからもらったんです。わたしが頼んで、彼からもらったんです」

「せやからなんでまた。古い定期券もろて、どないするつもりでしたんや」

男はしつこく、同じ問いを繰り返した。

「これまでいったい、なんに使うてたんです。草津になんぞ特別な用でもあるんですか」

ああ、幹彦さん。と、わたしは心のなかで優しい人に呼びかけていた。

今、どこにいるの？

何をしているの？

今ごろはきっと家に着いていて、熱で火照《ほて》った幼子の額に、氷水で冷やしたタオルをそっと、当てているのかもしれない。もう大丈夫だよ、パパが戻ってきたからね。そう声をかけているのかもしれない。あした、パパと一緒に病院に行こうね、と。わたしのことなど眼中にもないに違いない。それでもわたしは愛している。わたしの、優しい人を。

いったいどんな言葉で、どんなふうに説明すれば、このわたしの気持ち、わたしの行為、わたしという人間を、この人たちにわかってもらえるのだろうか、と、わたしは思っていた。蛍光灯で照らされた取調室の、薄汚れた壁の前で。限りなく深い無力感のなかで。

「使うためじゃ、ありません。ただ、欲しかったから、もらったんです。お守りとして。わたしにとってはすごく大切なものなんです。使うためじゃないんです。ただ、持ってるだけ。それのどこが悪いんですか」

そこまで言うと、もうそれ以上、わたしは何も言えなくなってしまった。わたしは両手で顔を覆《おお》って、静かに、泣き始めた。怒りは消えていた。

わたしは悲しかった。

ただ、悲しかった。優しい人の使った定期券。わたしに会いにくるために使われた定期券。それを集めるということ。肌身離さず持っているということ。そのことによって、わたしが優しい人の存在を身近に感じられるということ。離れ離れになっているときには、優しい人を少しでも身近に感じていたいということ。そんなささやかな願い。そんな慎《つつ》ましやかな願望が、なぜ許されないのか。どうしてそれが罪になるのか。

この人たちは誰かを好きになったことがないのだろうか。自分を見失うほど激しく、ひとりの人に溺《おぼ》れ、執着したことは、過去に一度もないのだろうか。

泣いているわたしの周りで、人々は口々に何かを話していた。それらのやりとりは、わたしの耳にはまるで、外国語でなされている会話のように聞こえていた。

たったひとつだけ、今でも耳に残っている言葉がある。

男たちの群れのなかで一番年配のように見えた、鬼塚という名の人の言葉だった。

「余計なことかもしれまへんけど、奥さんはもっと、自分を大事にせなあかんのとちゃいますやろか。もっとプライドを持って行動せんと」

彼は薄々気づいていたのだろうか。自分の娘と同じくらいの年頃に見えるわたしと「黒瀬という男」との関係に。ふと父親のような気持ちになって、わたしに同情してくれていたのだろうか。そうであったにせよ、そうでなかったにせよ、確かに、この男の言った通りだった。

そのころのわたしは、自分に対するプライドなど、微塵《みじん》も持ち合わせていなかった。いかなる種類のプライドも、だ。わたしにとってそれは、砂埃《すなぼこり》ほどの価値もないものだった。そんなものを自分に対して持つのも惜しいと思えるほどに、わたしは優しい人に拘泥《こうでい》していた。優しい人との関係に金縛りになり、優しい人に対する執着の沼のなかに埋没していた。他人の目から見ればそれは、世にも哀れで、世にも醜い女の姿だったに違いない。

幸いなことにわたしはその夜、厳重注意だけで罪は問われず、解放された。

けれども、わたしの大切な定期券はすべて、没収された。わたしにとってそれらは、掛け替えのないお守りだった。わたしはいったい何を守ろうとしていたのか。守るべきものはあったのか。おそらくそれはわたしの「思い出の――」を守ってくれる、お守りだったのだ。

わたしの暮らしていた部屋のなかで、亡《な》くなったもの、失われたもの、を数え上げてみれば、きりがない。愛情も欲望も喜びも悲しみも、空を飛べる鳥も、水に住める魚も、思い出も、わたしの部屋のなかではまるで死ぬために、生まれてきたようなものだった。そしてわたしは最後の最期《さいご》に、優しい人との生活を失うことになる。

いいえ、失ったのではない。自らの手で、わたしはそれを葬《ほうむ》ったのだ。わたしの妊娠した美しい希望を、葬るのと同時に。

8

優しい人と別れて、京都から東京に出てきたわたしは、縁もゆかりもない町で新しい生活を始めた。「東京」と言っても、住所は川崎市で、最寄りの電車の駅は小田急線の百合《ゆり》ヶ丘《おか》駅。百合の花が大好きだったので、その町に決めた。急な上り坂の袂《たもと》に、安いアパートを借りた。仕事は就職情報雑誌で探して、見つけた。

百合ヶ丘駅前にあった小さな書店で、アルバイトの店員として一年ほど働いたのち、店長の紹介で、店長の叔父にあたる人が経営している名も無い出版社に転職し、そこで書店営業の仕事に就いた。仕事の大半は事務だったけれど、新刊が出たときには車に本を積み込んで、社長と一緒に取次店や書店を回った。

わたしは、三十九歳になっていた。

ある秋の休日の午後のことだった。

会社の車を借りて、奥多摩に住んでいる友人の家に遊びにいった。その帰り道。西の空には夕焼けの名残がうっすら残っていたけれど、彼方《かなた》の山の端《は》には黒雲が渦巻いていて、雨になりそうな気配だった。

途中で少し、道に迷った。友人に教わった通りの道を選んで、走っていたつもりだったのだけれど。でも、偶然迷い込んだ道は、美しく紅葉した林のなかを、縫うようにして通り抜ける細道で、わたしは車を走らせながらひとり、つかのまの紅葉《もみじ》狩りを楽しんだ。

やがてとっぷり陽が暮れて、あたりの樹木が濃い闇《やみ》に染まり始めた。最初に幹、次に枝、そして最後は葉っぱに、闇がひっそりと落ちてきた。

「ちぇっ。しゃあないな。なんにも見えへんやんけ」

はらりと、男らしい人の声が舞い降りてきた。

「ここから見える紅葉は世界一なんや」

懐《なつ》かしい声だった。張りのある、太い声だった。

「かもめちゃんに見せたかったなあ」

わたしが生まれて初めて、愛した人だった。

「今年見られへんかったら、来年の秋にまた来ような」

闊達《かったつ》な人だった。朗らかに晴れた空のような人だった。

「花背にも今度、連れていったる」

あれは男らしい人との最後のドライブだった。若いふたりの、最後の日の会話。紅葉も花背も、果たされることのない約束だった。けれど、こうして今それを思い出せば、優しい気持ちになれる約束でもあった。

「楽しかったよ、元ちゃん」

と、わたしは胸のなかで、独り言を言った。

男らしい人は今、四十二歳になっているはずだ。けれど、わたしの心に棲《す》んでいるのは二十二歳の男らしい人だけ。くっきりとした二重瞼。濃い眉《まゆ》。濃い睫《まつげ》。精悍《せいかん》な横顔。強引な両腕。勢い良く、弾丸のように喋《しゃべ》る唇。

「元ちゃん、今、幸せか？」

と、わたしは声に出して言ってみた。

どうか、幸せであって欲しい。男らしい人には、底抜けに明るい幸せが似合う。

笑い声の絶えない、あとからあとから、幸福が湧《わ》き出してくるような、そんな生活が似合う。気立ての良いしっかり者の奥さんと、たくさんの子どもたちに恵まれて、毎日、賑《にぎ》やかな夕餉《ゆうげ》のテーブルを囲んでいて欲しい。わたしは祈るように、そう思った。

ガソリンスタンドで道を尋ねて、正しい道路に乗り入れたときには、時計はすでに夜の十時を回っていた。

ぽつぽつと、小雨《こさめ》が降り始めた。

交差点で点滅している赤の信号。街灯の放つ鈍い光。道路沿いの家々に灯る明かり。何もかもが滲んで、ぼやけていた。

干からびた川に架かっている、アーチ型の長い橋を渡っているときだった。僅《わず》かにゆるめた車のスピードが躰《からだ》に溶け込んできて、わたしはまるで車と一体化しているような、不思議な感覚を味わっていた。橋の両脇《わき》に立っている照明灯から、オレンジ色の弱々しい光が、シャワーのように降り注いでいた。その光を一粒一粒に集めて、雨がフロントガラスを濡《ぬ》らしていた。

小雨の降る夜道と、明かりに照らされた橋と、ゆるめたスピード。

その組み合わせがゆっくりと、わたしの身の内に、温かい液体のような何かを運んできた。それはひたひたと波のように寄せてきて、躰中に広がっていった。

ああ、優しい人だ！

と、わたしは感じた。

優しい人が今、ここにいる、わたしのすぐそばにいる。

いいえ、優しい人は運転席に座っている。

今、わたしが座っているこの場所に。

わたしたちはふたりで、この車に乗っている。

忘れもしない、あれは、やはりこんな雨降りの夜。琵琶湖の畔《ほとり》にある町までドライブに出かけた帰り道。わたしたちは車のなかで言い争いをした。

その日、わたしのもとに夫から、一通の封筒が転送されてきた。中身は、区役所によって発行された一枚の書類。印鑑証明の無効通知。いったいどうしてこんなものが突然届いたのか、初めはわからなかった。思いを巡らせているうちに、気づいた。

わたしは家を出た直後に、あらかじめ必要な事柄をすべて書き込んだ離婚届けを、夫に送ってあった。けれども夫はそれをすぐには提出しないで、しばらくのあいだ、手元に置いていたようだった。忘れたころにひょっこり届いた薄っぺらな紙切れは、夫の姓で登録してあったわたしの印鑑証明が無効になったこと、つまり、夫がついに観念して、離婚届けを役所に出したということを、わたしに伝えていたのだった。

優しい人の運転する車が、琵琶湖に架かっている長い橋の手前で信号待ちをしているとき、わたしはその話を切り出して、今夜はわたしの部屋に泊まっていって欲しい、と、頼んだ。その夜、独りぼっちで眠るのはあまりにも心細く、あまりにもつらいことのように思えていた。

「お願い。今夜だけでいいから。わがままを聞いて」

わたしの必死の懇願に対して、優しい人は「それはできない」と、即座に答えた。

「今夜は予定通り、あっちに戻らないと」。

それから、言い争いが始まった。

車が橋を渡り始めるのと同時に、わたしは優しい人を責めながら、泣き始めた。

「どうして？　どうして？　なんでやの？」

わたしの離婚が成立した、というような日にも、優しい人はわたしと会ってわたしを抱き、わたしと出かけたあと、わたしを部屋まで送り届けて、そのあとは何事もなかったかのように、奥さんのもとへ帰ろうとしている。たった一晩の予定ですら、わたしのためには変更してくれない。そのことがわたしに、激しい喉《のど》の渇きにも似た苦しみを与えていた。

「僕たちがこれからもずっと、長く付き合っていくためには、余計なごたごたは避けるべきだと思う」

「わたしの離婚は、余計なごたごたなの？」

「それは……そうじゃなくて、予定を急に変更したりすることで、向こうに余計な勘繰りをさせてしまうのは……」

「どうしても帰るというのなら、せめて今夜は、わたしという女がこの世に存在してるってことだけでいいから、奥さんに話してくれない？」

「そんなこと、いきなり話しても……」

「好きな人がいると、言ってくれるだけでいいの。ね、お願い」

「言うのは簡単だけど、そのあとがすごく面倒なことになる」

「でも前に、いつか、話してくれるって言ってたでしょ」

「ああ、それはいつか、ちゃんと話そうと思ってるよ」

「じゃあ、そのいつかを、きょうにして欲しいの」

その夜なぜ、わたしはそのことに、それほどまでにこだわったのだろうか。離婚が成立したせいか。それもあった。それもあったけれど、もっと大きな理由は、他にあった。

「わかった。なんとかしてみる」

優しい人の声は優しかった。けれど、横顔は鬼瓦《おにがわら》のように強ばっていた。そのとき優しい人の奥さんは、三人目の子どもを妊娠していた。町で偶然出会った学習塾の卒業生の口から聞かされて、わたしはそれを知っていた。

「名前ももう、決めてあるって、言うてはったよ」

尋ねてもいないのに、その子は教えてくれた。「女の子やったら、みき。美しい希望と書いてみき。黒瀬先生のみきから取るんやて。男の子やったら、しんや。ぐんぐん伸びていって欲しいから。伸也の伸は、先生の奥さんの名前から取るんやて」。

優しい人と奥さんの、美しい希望。

優しい人と奥さんの、ぐんぐん伸びてゆく……子どもたち。

その話を聞いたとき、わたしは強いショックを受けていた。けれどもそれは、頭を殴られたような、あるいは、目の前が真っ暗になったような、そのようなショックではなかった。それは、目に見えないほど細かい、棘《とげ》のような衝撃だった。棘はチクッと、微《かす》かな痛みを伴って、わたしの指先に刺さった。刺さったと同時にその棘は血管に入り込み、それから心臓に向かって、一秒ごとに突き進んでいった。その日以来、わたしの心臓には棘が刺さったままなのだった。

優しい人は何も知らなかった。もしもわたしが、わたしの妊娠を告げていたとしたら、優しい人はおそらく、優しいままではいられなくなっていただろう。

いっそ、今ここで、何もかも話してしまおうか、と、わたしは雨に濡れたフロントガラスを見つめながら思っていた。でも、すぐに打ち消した。そんなことを話して、いったいどうなるというのか。互いの悲しみと互いの苦しみが増幅するだけではないか。わたしには、自分を不幸にする自由はあっても、優しい人の子どもたちを傷つける権利はないのだ。それに、わたしが欲しいのはあなたの子ども、ではない。

けれど、奥さんには知って欲しかった。わたしがここで、こうして泣いていることを、ただ、知ってくれるだけで、良かった。

わたしは優しい人の横顔に向かって、言った。

「約束よ。今夜絶対に話してね。話してくれるだけでいいんだから」

「ああ、わかった、話すようにする」

「きっと話してよ。きっとよ。お願い、約束して」

「約束する」

優しい人は約束を守らなかった。初めから、守られることなどない約束。いいえ、それは約束ですらなかった。それは、優しい人がわたしと付き合っているあいだ中、わたしにつき続けていた無数の、優しい嘘《うそ》のひとつに過ぎなかった。

優しい人に送られて、泣きながら戻っていった部屋の暗闇のなかで、わたしを待っていたのは小鳥たちと、別れの決意だった。

「でも、どうしてなんだ？　どうして？」

今度は、優しい人が「どうして」を繰り返す番だった。

橋を渡りながら言い争いをした夜から、一週間が過ぎていた。ひとりで病院に行って、すべてを終わらせてから、わたしは優しい人に別れを告げた。

部屋の前の通りの、街灯の届かない場所に停められた車のなかで、別れたい、とわたしが切り出したとき、優しい人はまるで不意打ちに遭ったように、目を丸くして、心の底から驚いていた。少なくとも、わたしの目にはそう見えた。

「どうしてまた突然……。何かあったのか。あったのなら、話してくれないか。悲しい思いをさせてるってことは、僕なりによくわかっているつもりだ。だから、僕にできることならなんでもしてきたつもりだし、これからだって精一杯、そうしたいと思ってる。それでも、駄目かな。駄目なら仕方がないけど、でも」

これじゃあ、納得できないな。いくらなんでも一方的過ぎないか。僕にわかるように、訳を話してくれないか、気持ちを聞かせてくれないか、と、優しい人は助手席で縮こまっているわたしの肩を引き寄せて、言葉を重ねた。

「別れるなんて、本心から言ってんの？　本当に、これで何もかも終わりにしてしまうつもり？ それでいいの本当に？」

長い時の流れのなかで、少しずつ蝕《むしば》まれ、隙間《すきま》だらけになっていったわたしの、どこを探しても、もう、自分の気持ちを説明できるような言葉は、残っていなかった。気持ちもまた、長い時の流れのなかで、損なわれてきたのだ。わたしの躰は、空洞だけを抱えていた。その空洞のなかには、どこにもゆき着くことのできない、壊れた小舟の残骸《ざんがい》がぽつんと残されていた。

「幹彦さんにとっては突然でも、わたしにとっては突然じゃないの」

と、わたしは差し出した。乾き切った声で。ひび割れた心の破片を。

「じゃあ、ずっと前から考えてたってこと？ それならそうと、どうしてひとこと、相談してくれなかったんだ」

別れたいと思っている相手に、いったい何を相談すればいいというのか。今夜は予定を変更して、こっちに泊まっていく、だからじっくり話し合おう、そうさせて欲しい、と、懸命に言葉を尽くす優しい人の申し入れを、わたしは断った。断り続けた。涙は一滴も流れなかった。きっと、優しい人と付き合っているあいだに、わたしが一生で流せる涙はすっかり、使い果たしてしまったのだ。

胸のなかに広がる砂漠に、真っ白な灰が降り注いでいた。

車の外は雨だった。降り止《や》むな、雨。今夜は降り止まないで。わたしの代わりに泣いて。一晩中泣いて。わたしは降りしきる雨に向かって、そう叫んでいた。

「ごめんね」

と、わたしはまっすぐ前を向いたまま、謝った。強く握られた手を、握り返すことなく「ごめんね。ほんとにごめん。堪忍《かんにん》して」と。わたしは何度も謝罪した。いったい誰に対して、何に対して、謝っていたのか。

ひとりで橋を渡りながら、わたしが思い出しているのは、そんな、絶望の夜の一場面なのに、わたしの胸のなかは穏やかな光に照らされて、すみずみまで、満ち足りていた。

わたしは運転席の窓を下ろして、外の空気を車内に招き入れた。湿った夜風を胸一杯に吸い込むと、思い出の残像はいっそうくっきりと起き上がってきた。

「いつか、ふたりで毎日、暮らせるようになるよね」

「ああ、必ずそうなる。そうなるようにするから、今は……」

愛し合っていたふたりが、何度も交わした会話だ。別れたあとも幾度も、今もこうして、思い起こされる会話だ。

知らず知らずのうちに、わたしの頬を涙が伝っていた。その涙は温かく、微笑《ほほえ》みにも似た涙だった。この世の中には、すべてを手に入れてもなお不幸な人間がいるように、すべてを失ってもなお、幸福でいられる人間もいるのだと思った。わたしは、幸せだった。執着と欲望にがんじがらめになった愛の死と引き替えに、わたしは今、空っぽの水槽のなかに在っても、永遠に生き続けることのできる愛を、手に入れたのかもしれなかった。死を知るためには死ななくてはならないように、愛を知るためには、愛さなくてはならないのだ。わたしは愛する。それがわたしにとって、生きるということ。

雨と涙の混じったような夜風の香りに包まれて、わたしは優しい人に呼びかけていた。

また、会えたね。

わたしの、優しい人。

また、会えたね。

こんな場所で。
わたしは、ここにいる。
あなたも、ここにいる。
わたしたち、やっと
一緒になれたね。

橋を渡り終えてしばらく走ってから、わたしは、脇道《わきみち》から幹線道路に車を入れるために、方向指示ランプを出しながら、車が途切れるのを待った。

幹線道路の車はなかなか途切れなかった。

なんとはなしに背筋を伸ばして、バックミラーを覗《のぞ》いてみた。

銀色の鏡に宿った闇《やみ》のなかから、ぼんやりと、浮かんできたものがあった。

わたしは目を凝らして、それを見た。

旅行鞄《かばん》だ。路上に投げ出された、ふたつの旅行鞄だ。優しい人の鞄とわたしの鞄。

社員旅行の最後の日だ。今夜、優しい人とわたしはそれぞれの家には戻らず、京都駅の裏にあるホテルに泊まる約束をしている。わたしたちにとって、初めての夜と初めての朝。ふたりとも、社員旅行の日程を一日だけ多く、家族に伝えてある。このバスに乗って、京都駅まで行けば、そこで職場の人たちとの解散があって、そこから、ふたりの時間が始まる。優しい人とわたしの頭には、そのことしかない。バスの乗車口のステップに足を掛けたわたしの耳に、声が届く。「誰か鞄、忘れてへーん?」。振り返ってみるとそこには、わたしの鞄と優しい人の鞄がふたつ、置き忘れられている。ぴったりと身を寄せ合って。まるでわたしたちの欲望を象徴しているかのように。わたしは慌《あわ》てて引き返し、両手でふたつの鞄を取り上げると、優しい人のそばまで歩いていって、片方の鞄を優しい人に差し出す。「ありがとう」と言いながら、優しい人は鞄を受け取る。そのとき素早く、わたしの手を握るのを忘れない。わたしも握り返す。優しい人の左手。中指の欠けた温かい掌《てのひら》。

やっと車が途切れた。

わたしはアクセルを踏み込みながらハンドルを切って、幹線道路に車を入れた。

次の瞬間、対向車線を、大型トラックが轟音《ごうおん》を響かせて、通り過ぎていった。その轟音に巻き込まれ、見えない壁に激突し、車ごと粉々に破壊され、死んでしまえたらどんなに良いだろう、と、わたしは思った。この世で胸に刻んだ最後の記憶は、優しい人との思い出。死ぬ直前までそばにいて、わたしの手を握ってくれた優しい人を連れ、旅行鞄ふたつで別の世界に旅立つことができたなら、どんなに素晴らしいだろう、と。

むかしむかし……

少女のころ、わたしを夢中にさせたのは、そんな言葉で始まる物語だった。物語の綴《つづ》られた本を、心ゆくまで読み耽《ふけ》る贅沢《ぜいたく》な時間だった。大人になってから、わたしを夢中にさせたのは、心逝《ゆ》くまで好きな人を思い、その思いを生きる、ということだった。

遠い昔に、わたしはそれを生きた。そして今も生きている。地の果てで、独りぼっちの不完全な死体として。

解説

大崎善生

太陽を直視すると目がつぶれると教えられた。まだ当時は純情な北海道の少年だった私は、それを真に受けて太陽を見ることを恐れた。それでも外で遊びまわっていると、太陽の光はいつも驚くほどに身近にあって、そして芝生の上に寝転がっては太陽を直視することに挑んだ。恐れながら、しかし挑んだ。

『欲しいのは、あなただけ』というきわめてストレートで情熱的な題名の本書を読みおえたとき、私の脳裏の片隅に真っ先に思い浮かんだのが、直視しようとしてできなかった太陽の、まぶたを透過してくる光の色であった。

太陽に向かって目をきつく閉じると、まぶたのスクリーンは鮮やかな真紅に覆《おお》われる。そして、少しずつ閉じる力を緩めていくにつれて、色は少しずつオレンジからレモンへ、レモンから白へ変化していく。その幸せな感触を思い出した。

本書を読んでいる間に脳裏を覆った色は、情熱的でありながらどこか哀《かな》しみを湛《たた》えた、なんとも鮮やかな橙色《だいだいいろ》であった。しかもその色はパレットに落としたものではなく、太陽という決して直視してはいけないものに目を向けてこそはじめて体感することができる、そういう危うさを孕《はら》んでもいた。

まるで荒々しい感情のデッサンのように物語は、筆のままに自由闊達《かったつ》に進められていく。その鮮やかな筆使いにときには圧倒され、ときには大きく頷《うなず》きながら読み進めていくうちに、物語に埋め込まれたいくつかの斜めの線の存在に気がつきはじめる。たった一本の線が入ることで絵画にふくらみや奥行きをつくる、そのような効果的な斜線を随所に鏤《ちりば》めることで、男と女の出会いと別れという平坦《へいたん》でありふれた素材が立体的に立ち上がってくるのである。

たとえば〝優しい人〟との関係の中に描かれる文鳥とセキセイインコの描写は美しい。一羽になってしまった文鳥と、次々と子供を生んでは餌《えさ》を運んでいくセキセイインコの鳥かごを並べながら、かもめがもらすため息。その斜線の先には何でも食べるのにある日死んでしまったブラックバスがいて、そして体内に宿った希望がある。やがてそのすべては息絶え、失われていく。失われていくことによってしか表現できない存在、感情――。その一本の斜線は現代という瞬間を生きる私たちが宿命的に背負わされている孤独に、鮮やかな奥行きを与えているように思えてならない。

本書に繰り広げられるのは青春の日に費やした女性のひりひりするような愛の記憶であり、痛みの追憶である。しかし、読み終えたときになぜか私の胸の中は切なさや悲しみというよりも、幸福感に満たされていたのは不思議だった。それはかもめや〝男らしい人〟や〝優しい人〟がそれぞれに抱えている、理屈も理由もなく、だからこそどうすることもできず逃れようもない孤独感に、まるでスエットスーツを着たように吸い付くように共感できるからだろう。

現在という不安、とでもいうべきか。

本書は第12回島清《しませ》恋愛文学賞を圧倒的な評価のもとで受賞した、傑作恋愛小説である。男女間に横たわる宿命的ともいえる痛みや哀切を、ストレートな文体で表現したことが評価の対象となった。

本書の前半部分を占めている〝男らしい人〟との関係性や会話そのものに頭を叩《たた》かれたような衝撃を覚えたのではないだろうか。私もこれほどまでに直截で粗野で暴力的な言動を繰り返す登場人物を、少なくとも恋愛小説というくくりの中では知らない。

女子大生のかもめに対して、性的な無理強いを繰り返す〝男らしい人〟。その到底無理としか思えない要求に体で答え、痛みに悲鳴を上げながらも、すべてのリクエストに答えられたことに、痛みや屈辱感よりもむしろ喜びを感じはじめるかもめ。この一見、理不尽とも思える関係性は、しかしまるで平均台を渡っていく体操選手の演技のように危うく成立し、危うければ危ういほどにその瞬間、瞬間が鮮やかに切り取られていることに驚きを覚える。

「今日はどこに行くのか」の問いに「決まっとるやないか。地の果てや」と答える粗雑な男を当然のことながら不愉快な気持ちで読んでいたが、しかし読み進めるうちに、その言動が格好よく思えてくるのだ。

「おまえ、こうしてみろや」

「違う、そうやない、こうや」

「言われた通りにしたれや」

そんな言葉を浴びながら、男らしい人の欲望の視線、欲望の唇、欲望の指先、欲望の両腕に搦《から》め捕られ、恥辱にまみれ、息を潜め、施される行為のすべてを受け止めている時間。その時間を私は愛した。囚《とら》われの身となり、こじ開けられ、これでもかこれでもかと辱《はずかし》めを受けている、長くて短いその時間を。

そうした営みの果てに、やがて訪れる頂。ベッドの真上にある天井あたりで、わたしのちっぽけな世界が木っ端微塵《こっぱみじん》に崩壊し、その破片が音もなく、頭上に落ちてくる瞬間。

かもめと〝男らしい人〟は欲望と禁忌を武器にして激しくせめぎ合い、やがて水の中に溶け込んでいくように、肉体も精神も渾然《こんぜん》一体となっていく。激しく責められていたはずの女体がすべてを許容することによって優位に立っていく様はとてもリアルな性の宿命を感じる。されるがままにされていたはずのかもめが、いつの間にか真にその喜びや快楽をいち早く享受《きょうじゅ》する存在になっている。

〝男らしい人〟はおそらく、そのことに苛立《いらだ》つ。責めても責めても、それが結局は喜びとして搦め捕られていってしまう事実。その悪魔性。

やがて爆発のときがくる。

吸っていた煙草《たばこ》を吸っていなかったと嘘《うそ》をついたことを発端とする、〝男らしい人〟のすさまじいまでの暴行。それもさることながら殴られても蹴《け》られても別れると言う彼の足元に必死にしがみつくかもめの強さは息を呑《の》む。

「かまへん。死にたかったら死ね。勝手にせい。おまえなんか、どうなってもかまへん。俺の知ったこととちゃう」

「やめろや。おまえは、しつこいねん。しつこい女は俺、嫌いやねん。その腐った手を離せや。ええ加減に離したれや。歩けへんやんけ、おい」

必死にすがるかもめに〝男らしい人〟が投げかける言葉の凄《すさ》まじさにも圧倒される。吐き出されるひとつひとつの言葉に色があり温度があり息遣いさえ伝わってくる。まるで読んでいるほうが頭をぶん殴られているような気分になる会話の連続。そんな言葉たちが状況を巧みに作り上げていく。設定の中から生まれた言葉ではない、言葉たちの迫力が状況を作り上げていく、その逆転に私はこの作家の真骨頂を感じるのである。感情や絶望や愛や嫉妬《しっと》、飛び散った精液や無様に開かれた下半身、そんな映像が道端に捨てられたような会話の中からまるで湯煙のように沸き上がってくる。

すべてを受け入れてきたかもめが、どうしても受け入れることができなかったこと。

そのあまりにも唐突な愛の結末は、大きな矛盾の中にありながら納得がいく。

キセルの犯人と疑われながら大切に隠し持っていた〝優しい人〟の使い終わった定期券を駅員に没収される場面の儚《はかな》さはいったい何なのだろう。その場面を通り過ぎるのに、一苦労した。固く目をつむり、あの光を直視しないように……。しかし、私の脳裏は光を透過する、あの橙色に染め上げられていた。切ないけれど、それだけではなかった。そこには確固とした青春の息吹《いぶき》があった。ある時期からある時期の間の人間に許された、愛というたった一言で矛盾も背徳も罪悪も何もかもを包み込めるはずの季節。どんなに固く目を閉じていても、その光が確実に届いている幸せを味わわせてくれた。過ぎ去った日々を俯瞰《ふかん》することができるようになるまで、人はいったいどのくらいの時間と経験を必要とするのだろう。止まってしまった過去として、いくら手を差し伸べても届かないものとして、ある意味では死んでしまった自分を受け入れられるまでに。

もしあなたがどこかの書店の片隅で、本書を購入するかどうか悩みに悩んで、このページを開いているのだったら、是非、冒頭の四行をもう一度じっくりと読んでみて下さい。こんなに的確で美しい小説の書き出しとは、そんなに出会えるものではない。そしてここを入り口として、どうか小手鞠るいという作家とめぐり合って欲しい。それはもしかしたら、あなたにとって一人の親友と出会うことに等しいようにも思えるし、もしかしたら新しい光源を手に入れることでさえあるのかもしれない。作家と出会うことも一期一会《いちごいちえ》であり、その誘いもまた二度とはこない。

最後に、昨年の春に出版されブレイクした『エンキョリレンアイ』の儚さも余韻もいまだに胸に残っていることをつけくわえておきたい。あの小説のラストシーンが現実のものなのか、空想のものなのか、私は今になっても理解できないでいる。ただ、いえることは、もし現実ならば後味のよい恋愛小説だし、空想なのだとしたらあまりにも悲しく、しかし秀逸な青春小説になるということだ。それは作家が読者に与えてくれた自由なのかもしれない。一読をお勧めする。

読む側の空想の空をどこまでも広げてくれる、物語の中に入り込み考える自由を与えてくれる、そして私たちはコンテナのように小説という広大な海の中を浮かんでいればよい。小手鞠るいという作家の放つ鮮烈な光を体中で浴びる幸せに浸り、まぶたを閉じる力を調整しながら、真紅、橙色、レモン色、白色、自由自在に好きな色に取り囲まれて欲しい。

この小説は私にとって、これからの自分の人生を照らす恒常的な光となるような予感がする。この作品にはそういう力があるし、また小説の力とはそういうものなのだ。

（平成十九年一月、作家）

この作品は平成十六年九月新潮社より刊行された。

欲《ほ》しいのは、あなただけ

新潮文庫　こ-40-1

平成十九年三月一日発行

著者　小《こ》手《で》鞠《まり》るい

発行者　佐藤隆信

発行所　株式会社新潮社

郵便番号　一六二―八七一一
東京都新宿区矢来町七一
電話　編集部(〇三)三二六六―五四四〇
　　　読者係(〇三)三二六六―五一一一
http://www.shinchosha.co.jp

価格はカバーに表示してあります。

乱丁・落丁本は、ご面倒ですが小社読者係宛ご送付ください。送料小社負担にてお取替えいたします。

印刷・二光印刷株式会社　製本・株式会社植木製本所

ISBN978-4-10-130971-2 C0193